JN035718

ゴッドハンド愛の誓い

――神の手といわれた心臓外科医の愛の物語

武川謙三

まえがき

小説を書く動機となったのは母の父、すなわち祖父が新聞記者で、母がその影響を受けて小説を読むことが好きで、自分でも短歌を作っていたことで私も小説に興味を持ち、いつか小説家になろうと少年の頃、考えていたことがあったからである。

高校生になり、学校新聞や文芸雑誌に投稿していたが、小説家では生活が成り立たないと思い、森鷗外のように医師になり小説を書こうと考え、医学の道に進んだ。

医師になると目の前の苦しんでいる病人の前ではそれを救うことに専念し、小説どころではなく、その代わりに医学論文をたくさん書いた。

心臓外科医となったため更に小説を書く時間はなかった。

名古屋大学医学部から金沢医科大学の教授となり、定年退職して故郷に帰り、第二の人生として高齢者介護の仕事を始めることとなった。

医療法人を設立して、医療と介護を調和させた介護施設は次第に地域の信頼を得て大きくなり、経営も安定してきた。

昨年の春あたりからやっと念願の小説を書く余裕が出てきたので筆をとった。今まで自分の生きてきた道を小説化してみようと思った。

小説にはフィクションとノンフィクションがあるが、この二つをうまく調和させて書かれたものが読者を引きつける作品になると思っていたので、この手法をとった。すなわち、織物にたとえるなら、縦糸がノンフィクション、横糸がフィクションと言える。

大学受験の時に見初めた女子学生に恋心を抱き、プロポーズして同じ医学の道を志す決心をしてから、愛が結ばれ成就していく過程を小説にした。

妻を深く愛しているので、この気持ちを文章に残しておきたかったこともあった。現在に至るまで苦労をかけた妻に対する愛と感謝の意を込めた作品として残しておきたかった。

したがって、タイトルは『ゴッドハンド　愛の誓い』とした。

「愛は大切に思う人が喜んでくれる行為である」

というのが私の愛の哲学である。生前はもとより、死んでも魂が引き合う深い愛に育てたい。これがこの小説の真髄である。

そして、この小説の中で愛と生と死の哲学を語った。

生は、宇宙から来て宇宙に帰る間のことである。

死とは、宇宙に帰ることで、宇宙旅行に旅立つことと思えば良い。

そして、天が必要としなくなった時に死が訪れるのである。


心臓外科医だった若者は、大学を定年で辞してから故郷へ帰り、介護施設の経営者となった。そして晩年、八十三歳にして少年の頃夢見た小説家にやっとたどり着いたのである。自分で言うのもおこがましいが、私は医学者として、経営者として、小説家としての三つの人生を生きたような気がする。

一つの道を生涯貫き通す生き方もすばらしく、世間ではそうした人が尊重されている。

経営者としての私の理念は、
・愛と誠をもって社会に貢献する

・優しさといたわりの心で人に接する
・医療と介護と福祉で社会に貢献する
この三つである。

小説家としての思いは、自分の経験、感じたことをわかりやすく人に伝えることである。そして、渡辺淳一氏も言っておられた如く、真実を伝えることを恐れてはいけない。これが文筆家の使命である、と思っている。

さらに、職員に奉仕の心を育成するため、医療法人の名称をコスモスとしコスモス賛歌を作詞して曲をつけ、事あるごとに全員で合唱している。

二〇一六年　夏

目次

Ⅰ

県(あがた)の森から鶴舞の園へ

一、出会い

天気の良い二月の寒い朝、松本から安曇野方向を眺めると、真っ白な北アルプス連峰が青い空の下に輝いて見える。

その日はあいにく曇りで、雪がちらつく寒い朝だった。竹田謙は昨日から、S大学の医学進学コースの受験のために松本に入っていた。高校の先輩の下宿に泊めさせてもらって、受験の準備で頭はいっぱいであった。先輩の部屋は、S大学のすぐ近くにあり、試験場までわずか一〇分足らずという便利さはあったが、部屋は六畳一間で家の西側、廊下に出るとすぐに汲み取り式の古いトイレがあり、部屋の中まで糞尿の臭いが流れてくるために居心地は最悪だった。

下宿屋のおばさんに頼んであった朝食を食べて、試験用具の鉛筆、消しゴム、鉛筆削りと一日目の試験科目の英語、国語、生物の参考書を鞄に入れて外に出ると、二月の冬の匂いが鼻をついた。試験場があるS大学教養部までの距離は正門まで五分足らずだった。教養部は、旧制M高等学校の校舎をそのまま使っていた。

昨夜から降った粉雪が数センチ、路面に綿の絨毯のように積もっていた。校門を通り過ぎると幹が五〇センチぐらいの太いヒマラヤスギの並木が続いているのが見えた。

試験会場の教室は前日に来て確かめておいたので、そのまま真っ直ぐに教室に向かった。受験生たちが大勢、次つぎに校門から試験会場に向かっていた。ほとんどが男子であったが、その中に十数人、セーラー服の女子学生がいた。なかでもひときわ目立った女子学生が謙の目にとまった。色の白い丸顔で、やや小柄な体形だったが、ワインレッドの革の手提げ鞄を持って足早に並木道を急ぐ姿が印象的だった。

謙は、高校生の間はどんな女性に出会っても女性友達はつくらないと心に誓っていたが、その女子学生の歩く姿が、その後ずっと脳裏から消えることはなかった。

二、進学

謙の父は中学校の校長、母は彼が小学校五年生になるまで小学校の教師であったが、受験生になる頃は家庭の主婦となっていた。謙は、父母が東京で教師をしているとき、東京の蒲田で生まれた。

父は長野県の川中島平の地主の長男だったが、師範学校に入り教師となった。

最初の勤務地は豊野の小学校で、赴任した時にすでに教師となっていた母とそこで知り合って結婚した。母の父は当時、新聞社の記者で文筆活動をしており、長野市の中心部に居を構えていた。母の兄は早稲田大学の学生だったことから、結婚の条件として「大学を出ること」と「母に田畑の仕事はさせないこと」という約束をさせていたらしい。そのため東京にでて、T大学の夜学部をでた。

父が長男だったので、昭和十六年（一九四一）の三月、東京の家を売って川中島平の実家に移住した。すでに祖父は亡くなっていて、祖母が一人で田畑の仕事をして家を守っていた。

父は長野市の女学校の教師として働き始めた。この年の十二月に太平洋戦争が始まった。

母は一年間、主婦生活をしていたが、そのうちに代用教員として小学校に勤務することになり、父母は妹だけを連れて長野市内に家を借りて祖母と別居した。謙と姉は祖母の家に残された。一年後に謙は父母のいる長野市内に呼びよせられ、姉一人が祖母の家に残されることとなった。田舎の小学校から市街地の小学校に転校したのである。学校から帰っても家には誰もいないので、いつも友達の家に寄って遊んでいた。

その一年後に、理由はよく分からないが父母と謙と妹は市街地の家から川中島平の実家に戻り、祖母姉を含めて一家六人の同居生活が始まった。戦争が激しくなり、物資も欠乏して生活は苦しくなり、母も子どもたちも農業の手伝いをして毎日の生活を凌いでいた。

母は体が弱く田畑の仕事には向いていなかった。その上、結婚の条件として〝農業はやらせないこと〟があったことを常に母はこぼしていたが、父は「時代が変わってしまったのだ」「今はそんなことを言っている時代ではない」と言っていた。

太平洋戦争が終わっても苦しい食糧難時代は続き、謙が中学生になっても学校から帰ると田畑の仕事を手伝わされた。その上、母は体が弱かったので謙は母の仕事をできる限り手伝って楽をさせようと努力した。

終戦後はアメリカの指導の下に教育制度も変わり、戦時中に入った旧制中学校は新制度に移行したため、四年制中学校が三年制となり、そのまま無試験で三年制の新制高等学校に進んだ。旧制度では中学校は四年制で、そのあとは二年制の旧制高等学校を経て大学を受験した。大学は東京大学、京都大学、九州大学、東北大学、北海道大学、大阪大学、名古屋大学といった「帝国大学」と呼ばれた国立のものが主体であった。私立大学としては慶應義塾大学、早稲田大学、同志社大学などがあった。

旧制度では尋常小学校六年・中学校四年・高等学校二年・大学四年であったが、新制度では小学校六年・中学校三年・高等学校三年・大学四年となった。さらに医師になるための大学は六年制で、初めの二年は一般教養部で専門外の教育を受け、後の四年で専門教育を履修した。大学卒業後、「インターン」と呼ばれる研修を一年済ませてから国家試験を受けて、合格した者だけに医師免許証が授与された。

医学を志すことになった謙であったが、中学生の頃は母親の影響で文学に興味を持ち、明治・大正文学に憧れ、小説や詩集などを読みあさり、自らも詩を書いたり文芸評論を学校新聞や出版社に投稿していた。

謙の家庭は父母ともに教員であり、農地もある程度持っていた。こうした夫婦の場合、妻が家事と田畑仕事の中心を担い、夫は学校の先生を続けて、毎日の勤務後、夕食までの時間と日曜・祭日を田畑仕事に充てるという「教員と農業の掛け持ち」が当時の習慣としては、一番望まれるライフスタイルだった。謙の父親も、家督を継いでからはその習慣になじんでいた。

昭和二十三年（一九四八）、農地改革で小作制度が廃止され、地主は土地を小作人に譲り渡さなくてはならなくなった。自分で農業をやらないと農地を失うこととなるため、謙の父親も土地を手放さないように、できる限り家族で農地を耕し維持しようと必死になった。当然、家族にそのしわよせがきた。謙は長男として、竹田家を守るために教員となって田畑を守るように父からしむけられた。父の口癖は「勉強はするな、仕事を手伝え」という言葉であった。姉も妹も東京育ちだったので農業には向かなかったが、終戦後の食糧難のこともあり、田畑の仕事をさせられた。

謙は、このような農業の生活からどうやって脱却するかを考えた。学校の先生、文学、農業、晴耕雨読の生活もいいが、どうしてもそれだけでは満足できなかった。

母から口伝えで聞いた芥川龍之介、菊池寛、森鷗外などの作家の中で、森鷗外の生き方になぜかひかれた。俺も医者になって小説や詩や随筆を書こうかと考えるようになり、高校二年の二学期から数学や物理にも力を入れて勉強し、卒業するときの成績は五段階評価で体育以外はすべて最高の「五」となっていた。

父はＳ大学の教育学部の受験を薦め、教員になるよう謙を説得した。謙は医師になる決心をしていたので、このことを父に話したが受け入れてもらえなかった。母と姉、妹に決意の程を話すとそれは良いといって大賛成してくれた。妹はお金は私が働いてなんとかするから、医学部に行きなさいと熱心に勧めてくれた。謙は、これを聞いて感謝し、ぜひ医師になろうと益々その意思が強くなった。

大学受験の願書の提出が近くなり、父に決心の程を話すと、しぶしぶ承諾したが、その条件は厳しく、受験は一回限りで浪人は認めない、不合格だったら

教育学部に行け、また仮に医学部に合格しても、奨学金制度を利用して国から学費の一部を借金しろというものであった。

とにかく許可は出た、一発勝負なので合格の可能性の高いＳ大学の医学進学コースを受験することにした。

当時、一般の学部は二年間の一般教養課程を終えてから専門分野の授業を受けることになっていたが、医学部だけは二年間の一般教養課程修了後、再度受験しなくてはならなかった。その代わりどこの大学を受験することも可能だったので、謙は内心、Ｓ大学の医学進学コースで一般教養課程を済ませ、そのあと東京か京都の国立大学を受験しようと思っていた。

当時の国立大学の入学試験は、全国の大学を一期校と二期校という二つのグループに分けて行われていた。一期校というのは、いわゆる旧帝国大学クラス、二期校は旧医学専門学校クラスなどが振り分けられていた。先に一期校の入学試験・合格発表があり、その後、二期校の入学試験が行われる日程だったので、仮に一期校に不合格になったとしても二期校の受験が可能であった。そのような制度の中、とにかくＳ大学の医学進学コースに入ることが先決という状況で、謙は受験にやってきたのである。

春の訪れも近い、冬の朝であった。

試験も無事に終わり、合格発表を家で待った。多分、大丈夫だと思っていたが、実際に合格通知を受け取って、それまでの落ち着かなさからはじめて解放された。

無事S大学に入学することになり、受験のとき貸してもらった先輩の部屋で下宿することになった。部屋を貸してくれた先輩が北越大学医学部に合格して松本を離れることになったので、引き継いで借りることになったのだ。

入学式の日は、もう春で清々しい朝だった。

講堂で行われる入学式には、すべての学部の新入学生が続々と集まってきた。その中に、受験生の一人であったあのワインレッドの鞄を持った色白で丸顔のチャーミングな女子学生がいた。しかも医学進学コースのグループの中に……。謙は胸の鼓動の高まりを感じた。

三、学生生活

授業が始まると、毎日彼女と同じ教室にいるのが楽しかった。

謙は、下宿が学校のすぐ前だったので通学は楽だった。彼女の家はわからなかったが、松本駅から大学の前を通って浅間温泉までを結んでいた市街電車の電車道に沿って、彼女はいつも駅のほうから歩いて通学していた。

謙は、下宿には寝に帰るだけで、食事は三食とも学校の食堂で食べた。学生寮に入る学生もいたが、謙は下宿生活を選んだ。勉強するにはそのほうがいいと先輩に勧められたからである。旧制高等学校の最終学年の学生が残っていたため、その名残りが未だ学内に漂っていた。白線の入った学生帽と高下駄、冬になるとマント姿が特別なファッションだった。彼らは寮生活をしている者が多かった。

土曜日の午後、昼食の後、レコードコンサートが学生食堂で主に彼らの企画で開かれていた。謙はそれまでクラシック音楽はあまり聴いたことがなかったが、その音色とリズムに感動を覚えた。交響曲が多くかけられたが、謙が特に感動したのは、チャイコフスキーの交響曲第六番「悲愴」だった。

そのコンサートには、ふだんは食堂で食事をしていない学生も多くやってきていたが、その中に時々、彼女の姿があった。

食堂に時々食事に来る同期生の一人が、なぜか謙に話しかけてきた。茨城県から来ていた男だった。家が貧しかったためか、新聞配達や家庭教師のアルバイトをして生活費や学費を稼いでいた。向井君という彼は、郊外の農家の土蔵を借りてそこで自炊生活をしていた。彼は時々、その土蔵に謙を誘ってくれ、食事を作って一緒に食べた。ご飯、味噌汁、めざしを焼いたものや、納豆ぐらいなものだったが、ロマンチックな考えをもって生活していたので、謙も彼に興味をもって近づいていった。彼は文学部に入り、将来教師になることを目指していた。浪人して入ってきたため、謙より二、三歳、年上だった。

彼は先輩の旧制高等学校の学生から教えてもらったアルトハイデルベルクを歌って聞かせてくれた。そしてその歌の意味を謙に語った。ハイデルベルク城の王子、カール・ハインリヒと彼が通う大学の近くの居酒屋の娘、ケティとの悲恋の物語（ウィルヘルム・マイヤー作）を詩にして、メロディーをつけたものだった。

ネッカの川の懐かしき岸に来ませし我が君に
遠い国からはるばると

今ぞ捧げんこの春のいと麗しき花飾り

二人で酒を酌み交わしながら、この歌を歌って胸をときめかせた。

大学では、医学進学コースの学生も一般の教養課程の学生と同じ授業を受けていた。先生は、ほとんど旧制高等学校の教師だった。

その中にドイツ語教師の望月先生がいた。すでに初老期に入っていた先生だったが、ロマンスグレイの髪で上品な風貌をしていた。教材はテオドール・シュトルム作の『インメンゼー』(みずうみ)という次のような物語であった。

ラインハルトは幼馴染の五歳年下のエリーザベットに恋していたが、他の地の大学で離れて生活をしている間に、彼女はラインハルトの友人でインメン湖に別荘を持った裕福な男と結婚していた。年月が流れ、大人になった二人は再会した。……

静かな別れが、美しい自然に織り込まれるように甘く切なく語られていた。

これをドイツ語の辞書を引きながら夢中で読んだ。

また英語の教師に小沢という東京の大学を卒業したばかりの若い先生がいた。彼は若くロマンチックな先生で、スコットランドの詩人、ロバート・バーンズ（一七五九～一七七六）の詩集を教材にして、ロマンチックな詩を教室で訳しながら、ロマン派の文学を熱く語っていた。

Oh, my love like a red, red, rose

彼は声高く読み上げた。独身だった彼は、いつも顔を赤くして、額の汗をぬぐいながら熱弁をふるった。もともと文学に興味を持ち、高校二年まで詩を書いていた謙にとって、初めの一年はこんな雰囲気の中で勉強と情熱を調和させていった。

さらに謙を感動させたものがあった。高校生の後半は受験勉強のため、映画をはじめ一切の娯楽に関係あるものを遠ざけていたが、夏休みの前に久しぶりに映画を見に行く機会があった。「嵐が丘」という映画で、エミール・ブロンテ作、ロレンス・オリビエ主演の究極のラブストーリーだった。

内容を簡単に紹介しておこう。イギリス・ヨークシャーの荒野にある巌壁の丘、嵐が丘にまつわる物語である。

この地の地主の家の主人がインドに出かけたときに孤児を拾って連れて帰り「ヒースクリフ」と名づけ、下働きをさせながら育てていた。その家には同じ年頃の女の子「キャシー」がいた。この二人は、主人のお嬢さんと下男という関係であったが、次第に仲良くなり、年頃になるとお互いに深く愛し合うようになる。

キャシーはヒースクリフを愛しながらも、身分の差から金持ちの男と結婚してしまう。ヒースクリフは傷心のあまりヨークシャーを離れるが、インドの貴族の出だということが分かり、大金持ちとなり帰って来る。そして、結婚したキャシーに対する腹いせにキャシーの夫の妹と愛なき結婚

をしてしまう。その後、キャシーは女の子を産んで死んでしまうが、二人の愛の心はキャシーの死後も求め合い、結び合っていたのである。

それからかなりの年月が経ったある吹雪の夜、一人の旅人がヨークシャーの古い荒れ屋敷にたどり着き、一夜の憩いを求めた。そこには、年老いたヒースクリフと下男が住んでいた。そこに泊まった旅人は、夜中に吹雪の音に混じって「ヒースクリフ、ヒースクリフ」と呼ぶ女の声を聞いた。ヒースクリフはその声に誘われて、吹雪の中に飛び出してさまよい、かつてキャシーと二人で愛し合った嵐が丘の崖の上に登った。翌朝、ヒースクリフを探しにきた人たちは、崖の上で雪に埋もれて死んでいるヒースクリフを発見する。……

死してなお愛を求め合ったヒースクリフとキャシーの愛の深さに一八歳の少年、謙は深く感動して、これこそが男と女の愛の極致だと思った。これが謙の生涯の愛の哲学のもとになった。エミール・ブロンテが書いた『嵐が丘』と映画の内容は全く同じものではない。脚本を書いたベン・ヘクト／チャールス・マッカーサーによって脚色され、しかも巨匠ウィリアム・ワイラーの監督によって素晴らしい映像に作り上げられている。謙が感動したのは、原作よりむしろローレンス・オリビエ主演の映画作品そのものであった。

入学式から数か月が過ぎて、夏休みが来た。謙は夏休みの間、帰省して実家に帰って勉強していた。その間に家にあった世界文学全集の中からゲーテの『若きウェルテルの悩み』を見つけて読んでみた。訳文であったが、原書を読めばドイツ語の勉強になると思い夏休み中、原書と訳文を照らし合わせて読みふけった。人妻に恋するウェルテルの想いが素晴らしい表現で書かれていた。謙は、ウェルテルが書いた人妻への思いを出来るだけ書き抜いておいた。

夏休みが終わって二学期が始まった。向井君は夏休み中も家に帰らずバイトで生活費を稼いでいた。二人は放課後、時々会って、青春の思いを語り合った。彼は同期に入った文学部志望の頬の赤い小柄な上原凛子に想いを寄せていることを謙に話した。謙は入試以来、心に残っていた色白でノーブルで可愛らしいワインレッドの鞄の女性のことを漏らした。彼女の名前は福川晴香だということは、授業が始まったときに分かった。

秋になり、りんごの収穫時期となると向井君はバイト先で手に入れたりんごを上原凛子にプレゼントしたがっていた。謙は、はにかみ屋の向井君を勇気づけるため、一緒についていってやることにした。

授業が終わって教室に一人でいる凛子を見つけた謙は、そのことを向井君に話した。彼は、早速下宿に戻ってりんごを持ってきて、凛子に渡したいから、謙についてきてくれと頼んだ。友人のためならと謙は一緒についていていった。恐る恐る教室のドアをあけると、凛子は教壇の机で本を読んでいた。向井君は照れくさそうに、りんごを彼女に渡していた。突然の出来事に凛子は戸惑い、受け取ることを拒否して教室から出て行ってしまった。失敗だった。

向井君は、それ以上の行動に出ることをためらっていた。この出来事は、謙にも大きな影響を与えたことを、後で知った。

四、プロポーズ

秋も深まるにつれて、謙の福川晴香への思いは次第に高まり、熱くなっていった。

夏休み中にゲーテの『若きウェルテルの悩み』の中の恋文の名文を書き抜いておいたので、その文をうまくつなぎ合わせ、謙自身の想いを重ね合わせて、自分でも驚くほどの名文のラブレターが出来上がっていた。これを、いつ、どこで、なんと言って手渡すかが問題だった。授業が終わって、一人で歩いて帰宅する晴香に校庭のどこかで渡せるチャンスを待った。

そして、その時がついにきた。勇気を出して彼女に近づき、ラブレターの入った封書を彼女に渡し、「これを読んでください」と言ってた。その返事がどんな結果か、数日間、気が気でなかった。

数日後、授業が終わり帰宅時間の頃、教室間の渡り廊下を歩いていると、福川晴香が足早に謙のほうに近づいてきた。そしていきなり厳しい表情で「竹田さん……あのようなことはしないでください。困ります」と言って足早に去っていってしまった。謙は呆然として立ちすくみ、何が起こったのか、一瞬分からず、心臓だけが激しく鼓動していた。

しばらくして謙は「俺は彼女から拒否されたのだな」と気づき、夕暮れ近いヒマラヤスギの並木の下は、一層暗く地獄の闇のように思えた。とめど無く涙が頬を伝わり流れ落ちた。俺の青春の一ページは、あっけなく終わったのだと感じ、絶望にも等しい気分に襲われ、よたよたと下宿の部屋にもどった。その日はあいにくの雨で、窓から見る下の井戸がやけに孤独を押しつけた。先輩から受け継いだ元の下宿は、トイレの悪臭に耐えられず、すでに入学後、数か月も経たない頃から今の下宿に引っ越していた。家主は、老夫婦と若夫婦と五歳の男の子と、結核を患って出戻った二十代後半の女性と六人暮らしで、二階の二部屋を学生の下宿として貸していた。

謙は南側の六畳の部屋が空いていると聞いたのでそこに引っ越したのだった。入口のガラス戸を開けると靴脱ぎ場があり、障子が閉まっていると中の様子は分からなかった。その右手に階段があり、家人と顔を合わすことなく階段から自室にいけた。時々、障子が開いているときには中の様子を見られるときがあった。大きな裁縫用のテーブルがあり、そこで着物の仕立てを女性の家族がやっているようだった。生計は、会社員である夫の給料と着物の仕立て代と、下宿学生の二部屋分の部屋代でまかなっているようだった。

謙の部屋の隣の部屋は八畳でやや広かったが、そこには農学部の一級上の学生が住んでいた。ふすま一つで隔たれた部屋なので、隣の物音はほとんど聞こえた。時々ふすまを開けて、お互い退屈したときは雑談などしていた。彼は丸い黒縁のメガネをかけていて、女性には無縁という感じの男であった。

部屋に帰ると間もなく、隣室の先輩が帰ってきた。謙は待っていたかのように、たまりかねて彼の部屋に入って行き、彼女にふられてしまったことを語り、とめどなく涙が流れてくるのを抑えることができなかった。彼は素朴な男だったので、恋愛経験もなかったのだろう、ただ謙を見守るだけで何の慰めようもなく、戸惑っているようだった。ただ、謙が彼女が好きで深い愛情を持っていたということだけは分かったようだった。

思い切り泣いた後は、ただ虚無感に襲われたが、これで医学部の受験勉強にわき目をふらずに打ち込めるのだと自分自身に言い聞かせた。

五、同棲時代

手紙を渡し、拒絶の言葉を聞いてから数日経ったある日のランチタイムに、図書館から食堂に行こうと入口のドアを開けて外に出た。秋の日差しが眩しく謙の目に映った。目を細めて周囲を見渡してから数段の石段を降りようとしたら、福川晴香が渡り廊下を歩いてくるのが目に留まった。謙は、晴香がそのまま彼の視界から遠ざかるだろうと思って、目をヒマラヤスギの並木に移した。ところが、晴香が謙のほうに向かって歩いてくるではないか！　そして、思いがけない言葉が晴香の小さな唇の間から出てくるではないか！

「竹田さん、今度お茶でも飲みにいきませんか、私、いい音楽喫茶知っているの」

謙は自分の耳を疑ったが、晴香は微笑みを浮かべながら謙の顔をじっと見つめているので、〝現実なんだな〟と思い、胸の高鳴りを抑えながら、日にちと時間を決めていた。

デートの場所は、繁華街にある落ち着いた音楽喫茶店だった。彼女の実家近くの出身で旧制高等学校の先輩という人に連れてこられた店だという。ジェラシーを感じたが、とにかく二人でお茶ができることで頭がいっぱいだった。その日は、チゴイネルワイゼンがコーヒーの香りと晴香から出てくる女性のフェロモンの刺激を引き立てた。

晴香は、初め断ったわけを説明した。男性から愛を打ち明けられた手紙など受け取ったことがなかったので、女友達にそれを見せて相談したという。赤い頬をした女子学生、上原凛子が〝いつか向井君と竹田君がりんごを彼女のところに持ってきた〟話をして、「軟派ではないか」と警告したらしい。しかし、日頃の教室での竹田君の態度を見ているととてもまじめに勉強していて、〝女たらし〟には見えない。竹田君の気持ちは本当なのかもしれないと思い、一度話をしてみたいと思ったというのである。上原凛子のことは、〝向井君が好きだというので一緒についていってあげただけ〟で、謙は晴香のことしか頭にないことを心を込めて説明した。

謙は、「医学部にぜひ入りたいので、貴女も一緒に勉強して医学部に行こう」と誘った。彼女は「医学進学コースに入ったけれど自信もないし、必ずしも医師にならなくても学校の教師でもいいと思っている」と謙に話した。謙は、

「自分は絶対に医師になるつもりだから、二人でキュリー夫妻のように夫婦で同じ道を歩こう」と熱く語った。福川晴香は竹田謙のまじめな生き方、同じ道を一緒に歩きたいという気持ちに感動し、とにかく二人で助け合いながら受験勉強をしようと誓い合った。謙は、天にも昇る心地になった。

晴香は、学校の帰り、時々、謙の下宿に寄るようになった。参考書を貸したり、お互いに解らないところは教えあったりした。謙は、晴香がそばにいるだけでうれしかった。手を握ったり、体に触ったりすることはなかった。ところがある日、謙の下宿に来た晴香は、勉強の話がひと区切りつくと、突然、

「私を抱いてくださらない?」

と言った。謙も健康な男性であるから、女性を抱くことを想像して興奮することも当然あったが、晴香に対しては、そんなことは考えられなかった。崇高な存在で性的なことを考えることは彼女に対する冒涜であると思っていた。その彼女が「私を抱いてくださらない?」と言ったときは、耳を疑った。それが彼女の望みなら、謙は拒否する理由は何もなく、両腕でしっかりと彼女の胸を抱きしめた。外は冬の訪れが始まり、小雪が舞う夕暮れであった。

以後、晴香が時々、謙の下宿に来るようになったので、下宿屋の女主人から女性を連れてこないように、さもなければ下宿を出て行ってほしいと言われた。

謙は、どうしようかと困り果てて、英語のロマンチスト教師、小沢先生に相談した。

彼は、知人の部屋が空いているのでそこを二人で使って勉強したらどうかと言い、その家を紹介してくれた。それからは、二人で逢って勉強するときには、その家の一室を使うようになった。

その部屋は裕福な家の別邸となっているようで、庭には木や草花が綺麗に植えられていた。二階建ての家で、二階には二十代後半の女性が一人で住んでいた。時々、中年の男が来ていた。「彼女はその男の妾だ」と小沢先生は言っていた。

その家で晴香と勉強するときは、ほとんど謙が先に着いていたが、時々、二階からその女性が降りてきて、お茶を入れてくれたり茶菓子を持ってきてくれた。時には自分の部屋に呼んで、「柱に釘を打ってください」などと頼まれた。そのままお茶を勧められ、しばらくその女性と話すこともあり、なんとなく誘惑されているような気配も感じた。謙は、この女性に童貞を奪われてはならないと心に深く誓った。幸いなことに、謙がその女性に呼ばれて彼女の部屋にいるときに旦那と思われる男がやってきたときがあった。謙はすぐに部屋を出て行ったが、残った二人は何か口争いをしているらしかった。それ以来、その女性は謙を誘うことはなくなり。ひと安心した。

昭和二十五年（一九五〇）の夏も終わりを告げ、夏休み中、謙も晴香も一時、親元の家に帰ったが、しばらくするとまたもとの生活に戻り、二人で受験勉強に励んだ。

謙は英語が得意で、晴香は数学、物理が好きだと言った。受験には英語、ドイツ語、数学、物理、生物、国語の実力が評価されるので、高校三年と教養部での成績が重大だった。謙は物理に力を注ぎ、晴香は英語とドイツ語に力を入れてお互いに助けあった。

物理の教師は、謙の高校の先輩で松木といった。彼の試験のとき、謙の答案を見た松木先生は謙を呼んで、同じ授業を受けた学生全員の答案を謙に渡して、採点しておくように依頼した。謙は、まさか自分がそんなにいい成績だとは思わなかったので夢ではないかと思ったが、内心得意満面の気持ちになり、晴香に話すと彼女もびっくりしていた。

帰省から戻った日に久しぶりに外でデートした。梓川の川べりの堤防の草の上に二人で寄り添って、家のこと、受験のこと、志望校のことなどを語り合っているうちに、日は北アルプスの山に落ちようとしていた。寒くなってきたので、足先をお互いのズボンの中に入れて暖をとった。そろそろお互いの下宿に帰らなければ暗くなってしまう時間になった。彼女は、

「私の下宿にいらっしゃい」

と謙を誘った。そんなことができるのと一瞬思ったが、彼女の言うままに従った。

◆

前に一度、昼間に彼女の下宿に行ったことがあった。市街地の高級住宅街で、謙の郊外の下宿とはかなり違っていた。〝お屋敷〟という感じだった。「石川権太郎」という表札が掛かっていた。六〇を過ぎた老人が一人で住んでいて、家族は東京にいるらしかった。権太郎老人は、毎日朝早くから魚の行商に出かけて夕方遅く帰ってくるようだった。晴香は、その家の二階の部屋を借りていた。彼女の父親の知人の家らしかった。

一度、夕食を作ってもらって御馳走になったことがあった。無論、権太郎老人の帰ってこない間の出来事だった。台所は権太郎老人のものだった。ご飯と味噌汁、いわしの丸焼きに大根おろしがついていて、空腹でもあったのだろう、ことさらうまかったと記憶しているが、それより驚いたのは仕度時間の短さであった。三〇分も経たないうちに用意してくれたのだが、謙の母親ならば優に一時間はかかっただろうと思った。何事も手際よく、手早く仕上げる習慣を持っているのではないかと、そのとき感じた。

大学の化学と生物の実験実習などでも、その点が発揮されていたと思う。化学の実験では、溶液に溶けている物質を抽出して何が入っているかを分析し、できた人から順番に帰っていいことになっていたが、いつも一番か二番に実験室を出て行くのが晴香だった。生物の実習では、顕微鏡で花粉を見て写生するのだったが、これも書き終わった人から順に書いたものを提出して教室を出て行くのだが、そのときも彼女が一番か二番に出て行ってしまうので、どんな写生をしているのか気になっていた。とにかく何をするにも手早く済ます性格だなと、謙は思っていた。

◆

晴香の下宿に着いた頃には、日も落ちて辺たりはすでに暗かった。表通りに面した門をくぐると、五〇メートルほど続く長い石畳があり、その左側に家が二軒並び、一番奥に晴香が部屋を借りている豪邸があった。この二軒は石川氏の貸家であることを後で知った。勝手口が手前にあり、その向こう側に正式な玄関があったが、そこはいつも閉まっているようだった。

勝手口から入り、台所の向こうに階段があってそれを上ると晴香の部屋があった。優に八畳の広さはあった。権太郎老人はすでに疲れて、いびきをかいて寝ていた。音を立てないように静かに階段を上った。晴香は押入れから敷布団を出して敷き、ついでに掛け布団を出して足元においた。晴香は寝るときは下着を全部脱いで寝巻きに着替えるのを習慣にしているといった。謙は下着を着たまま寝巻きに着替える習慣だったので、上着とズボンを脱いで下着だけになって横になった。隣に晴香がいるので落ち着かず、目は冴えていた。そっと彼女の手を握った。彼女がその手を握り返してきた。そして二人はしっかりと胸を合わせ、両腕を背中に回して抱きしめ合った。謙は、もう彼女を一生離すまいと決心していた。

明け方、トイレに行きたくなったが権太郎老人がまだ出かけていなかったので、窓を開けて屋根に向かって放尿した。その日はお昼近くまで抱き合って寝ていた。

権太郎老人が行商に出かけるのを待って、彼女が朝食の用意をしてくれ、一緒に食べた。そして風呂を沸かして二人で一緒に風呂桶に入った。一八歳のお互いの肌は白く、特に晴香の黒々とした毛深い下腹部の茂みとふくよかな胸の隆起は、女の体の調和を整えていた。

◆

その日の気が狂うような愛の営みは、これから始まる受験勉強へのラストスパートのスタートラインであった。二年目の前期のうちに必要な科目の単位はすべて取ったので、後期はほとんど学校での授業はなく、ひたすら受験勉強に専念するのみであった。彼女は、謙に自分の下宿の玄関の上がり口に四畳半の部屋があるから、そこに引っ越してくるように勧めた。権太郎老人に彼女が掛け合ったところ了解が取れたので、その部屋に引っ越すことに決めた。部屋代もそれまでより安かった。その部屋は単なる名目の自室であり、常時、謙は晴香の部屋で晴香といっしょに勉強した。

朝から晩まで毎日、受験科目の勉強をした。勉強に疲れると二人は抱き合うのが休息だった。抱き合う回数が次第に増えていく中で、謙はこんなことでは悲願の医学部入学は覚束ないような気になってきた。しばらく晴香と離れて勉強したほうが勉強に集中できるのではないかと思うようになった謙は、少しの間、帰省して親元で勉強することを晴香に提案した。彼女もそのほうが効率的でよいと思ったのか、快く承諾した。謙は参考書を持って、親元に帰った。

一週間ぐらい経ったであろうか、晴香から手紙が届いた。〝寂しくて勉強に身が入らないので帰ってきてください〟という内容だった。謙も彼女に会いたくなっていた時期だったので、親になんと言って説明して晴香のところに帰ろうかと思案した。結局、正直に母親に彼女ができたことを話して、彼女の手紙を見せて下宿に帰る許しを乞うた。

母は、彼女の気持ちを察知して、快く「早く帰ってあげなさい」と言ってくれた。父にはうまく話しておくとも言ってくれた。謙は飛び上がって喜び、その日のうちに実家をあとにした。一週間ぐらいの短い間だったが、千秋の想いであった。下宿に帰ると、また勉強しては抱き合い、抱き合ってはまた勉強した。

志望校は、二期校のS大医学部は決めていたが、一期校をどこにするか思案した。二人が合格しなくてはならないので、国立T大学はあきらめることとした。謙の姉の夫が国立のN大学経済学部出身で、同大医学部は良いからそこを受験するように薦められた。二人で合格できる可能性も高いと考え、N大学医学部を受験することにした。

当時、姉の夫の学生時代の友人が、結婚して名古屋近郊の春日井市に住んでいた。受験日に彼の家に泊めてもらうように交渉してくれたので、試験の前日、春日井市を訪れて試験場を前もって見にいってきた。試験の終わった日も泊めてもらった。試験も終わったことで気も落ち着いたのか、その夜は自然に体が寄り合って抱き合っていた。姉の夫の友人は、新婚後間もなかったので、謙たちが奥さんを「おばさん」と呼ぶのをすごく嫌った。結婚した人を「お姉さん」とも言えず、「おばさん」と言うことを許してもらった。新婚早々の二十代初めの若い「おばさん」は、謙たちを同じ部屋に泊めたことをなんとなく後ろめたく感じているようであった。

N大受験から帰って一週間ぐらいで合格発表があった。ひと仕事した後の気の緩みが出て、二期校の試験の準備をする気が起こらなかった。参考書をめくってはいるか、今まで記憶したことを再確認するだけで新しい知識をさらに詰め込む作業はもうしなかった。

合格発表の日、義兄の友人が合格発表の掲示板を学校まで行って見てくれて、その結果を電報で知らせてくれることになっていた。

その日の午後、電報が届いた。謙と晴香はドキドキしながら電報の封を切って、カタカナ文字を一字ずつ確認しながら読んだ。

「フタリトモパスシタ」

と書かれていた。思わず両腕を広げて抱き合い、小躍りしていた。

N大入学後の住家は、とりあえず大学の寮と決め、大学の事務の担当者に連絡して入学後の住居は確保した。しばらくは寝具、食器、本などの荷造りに専念した。運送屋が荷物を取りに来た時、隣の貸家に住んでいた奥さん——謙たち二人が貸主の家に住んでいることを知っていたらしく、当

時としては結婚していない二人の学生が同棲同様の生活をしているのを不良少年・少女扱いの目で見ていた――と「国立のN大学医学部に二人とも合格したので名古屋に荷物を送るのだ」と立ち話をした。よっぽど意外で驚いたのか、二人をどのように評価したらいいのか戸惑っているようだった。決して模範生とはいえないが、不良学生とも言えず、不思議な顔をして見ている視線を感じた。

〝これからの学生は、謙たちと同じような生活をするのかな〟といった表情だった。謙は〝どうだ、俺たちは凄いだろう〟とばかりに胸を張って、その奥さんに挨拶していた。

それから松本を離れる前に、謙たちを追い出した下宿の家に二人で挨拶に行った。

「その節は御迷惑をおかけしましたが、ふたりともN大学医学部に合格したので名古屋に行きます」と報告した。不良少年・少女扱いした二人が、国立大学一期校の医学部にそろって合格したことを誇らしげに挨拶しにきたのだ。キョトンとした顔をして、〝まさか〟という表情だったが、口先では「おめでとうございます」と形式的な言葉が返ってきた。

N大学の学生寮は、名古屋城の城壁の中にあった。旧陸軍の兵舎を利用したものだった。木製の二段ベッドと小さな腰掛けと机があるだけの殺風景な部屋だった。男子寮と女子寮は別々で、あまりにも殺風景でもあり、謙は晴香と会いにくくなると思って、事務の学生係に問い合わせて、医学部に近い民間の下宿を探してもらった。場所は医学部のある鶴舞公園からほど近い大久手町だった。別々の下宿だったが、近いのでお互い時々会いに行った。

Ⅱ　鶴舞の園からアメリカ大陸へ

一、N国立大学医学部時代

謙の下宿は、六十代のお婆さんとその娘、そして孫の小学生の女の子の三人暮らしだった。新築の家で、六畳と八畳の二間続きの部屋のうちの六畳の部屋を借りた。人の良い家族だったので晴香が来ても歓迎してくれて、お茶なども出してもらった。娘の母親は夫と離婚していたようだった。

食事は三食とも、大学の生活協同組合が運営している「鶴友会館」の中にある食堂でとることにしていた。しかし、日曜日で食堂が休みのときは、お婆さんが朝ご飯を作ってもってきてくれた。名古屋味噌を使った赤だしの味噌汁はとてもおいしく、印象的だった。

一方、晴香の下宿は、彼女に応接室を提供してくれたようだった。

謙と晴香の実家は中流家庭で、それほど裕福ではなかったので、二人とも奨学金を申請して支給を受けた。昭和二十八年（一九五三）頃の日本経済の状況下で、支給額は月に三〇〇〇円だった。さらに、親からの仕送りを少なくするためにアルバイトを探した。一番てっとり早い仕事は家庭教師だった。二人とも家庭教師のアルバイトを大学の学生係で探してもらった。週二回、一回二時間で月に三〇〇〇円の収入を得ることができた。親からの支送り金三〇〇〇円をあわせて一人合計九〇〇〇円で何とか生活は維持できた。

謙の下宿のお婆さんから、空いている部屋を使って塾を開いたらどうかという提案を受けた。自分の孫娘もそこで一緒に教えてもらいたかったのだろうか。

謙と晴香は、塾を開くために近くにあった小学校に行き、手書きの広告を貼らせてもらった。二〇人ぐらいの希望者が集まり、週二回、夕方六時から二時間ぐらい開いた。受講生はこれで十分だった。下宿の娘の授業料は無料とした。

大学の講義は朝八時から夕方四時までだった。謙と晴香は、朝一緒に出かけ、帰りもほとんど一緒だったので、他の学生からは羨望の眼差しで見られていた。

そんな中、晴香の下宿先に、二人の下宿先を世話してくれた大学の事務員の中年男性が〝生活の様子を見る〟という名目で、日曜日に時々やって来ると、晴香は謙に話した。「特に用もないなら断ったらいい」と謙は晴香に言った。多少ジェラシーを感じたからだった。ある日、その男性事務員が謙のところにやってきて

「貴方が来ると、竹田さんが嫌がるから来ないでくれと言われたよ」

とわざわざ言いに来た。おかしな男だなと謙は思った。言いがかりをつけられたり、恩きせがましいことを言われて、その上、晴香のところに頻繁に来られては面白くないので、二人で相談して一緒に住むための貸部屋を探すことにした。

不動産業者をあたり、大久手町からそれほど離れていない今池町に、二階を貸してくれるという家を見つけた。六畳と三畳の二間続きの手頃な広さと家賃だった。二人分の下宿代でまかなえることができたが、敷金と礼金が痛かった。

三畳の部屋で食事の支度をして、六畳の部屋を居室にして机と布団を敷く余裕はあった。大家さんの家族は六〇歳ぐらいの高齢の女性と三十歳代の夫婦と生まれたばかりの赤ん坊、それから三歳ぐらいの子どもがいた。そのほかに二〇歳前後の女性とその夫が同居していた。この家は高齢の

老婆のものらしく、賃貸契約はその老婆との間で取り交わした。昭和二十八年頃の日本は、未だ戦後の痛手から解放されていなかった。家主の老婆は、元芸者、若い夫婦はキャバレーで働いているようで、いつも夜一二時過ぎに帰ってきた。謙と晴香は、そこに二年間住んだ。

謙と晴香の部屋は二階なので、下の通りと向かいの家がよく見えた。窓は北側と東側にあり、朝日はよく入ったが、日中は日が入らなかった。

通りを隔てた向こう側に、黒塀に囲まれた、松の木が目立つ一軒家があり、そこに三〇歳前後の小奇麗な和服姿の女性が一人で住んでいた。時々、初老期に近い男が訪れて来ていた。下に住む家主の老婆がお妾さんの家だと言っていた。〝戦後間もないこんな時期にも景気のいい人がいるもんだ〟と感心した。名古屋の町も、大通り以外はまだすべて砂利道だった。

晴香は頭が良く、その上、前にも述べたようにやることが手早なので、学校の勉強、家事、アルバイトの家庭教師など手際よくこなしていた。

謙たちが間借りした大家さんの家の近くに洋裁学校があった。学校の講義、そのほか日常生活にも余裕が出来てきて、彼女はその洋裁学校の夜学部に入って裁縫などを習っていた。名古屋育ちの友人も次第に増えて、日曜日などは友人の家に呼ばれたりした。コーヒーも手軽に入手できるようになり、高級なコーヒーを淹れてもらった。
レコードもＳＰからＬＰが出回るようになり、クラシック音楽のレコードをプレイヤーにかけて聴かせてくれた。間借り生活の二人にとっては、そのような生活は高嶺の花だった。

医学部二年生までは、主に基礎医学の講義が中心で解剖学、生理学、薬理学、生化学などが主な科目だった。とにかく学期末の試験に合格すれば進級できたので、それほど苦労せず一年、一年、進級していった。

都会生活にも慣れて、映画を見たり、時には場末の劇場でやっているストリップ・ショーを見たりした。そんな夜は、興に乗った晴香は、ストリップ・ショーの真似をして踊りながら服を脱ぎ、最後の一枚はバスタオルを腰に巻いて脱ぎ、そのバスタオルを動かして謙を興奮させた。その後は、もつれて布団の上に倒れこみ、抱き合い、夜の明けるまで愛し合った。

今も変わりないと思うが、名古屋では当時も栄町、新栄町、錦町あたりが夜の繁華街だった。そのあたりを夜、歩いてみると、ネオンサインがまばゆく光輝いて、若者たちの好奇心を誘った。その中でもひときわ目立ったのが「赤い靴」という文字だった。どんなことをしている所だろうと想像してみた。映画でよく出てくるクラブかキャバレーが目に浮かんだ。女性のアルバイトとしては時給が高く、指名料などのバックがあると、かなりの高給がもらえるらしかった。

謙も晴香も、貧乏暮らしには慣れているが、お金はないよりあったほうがよく、またその職業がどんなものか知りたいという興味もあった。晴香もバイトでいってみてもいいというので、謙もあまり抵抗なく了解してしまった。晴香は美人のうちに入る可愛らしい少女だったので、すぐに採用になった。学校が終わり、早めの夕食をとり、化粧して出かけていった。謙は彼女が帰ってくるまで一人でいつも夜遅くまで待っていた。

一二時を過ぎるとタクシーが謙たちの借家の前で止

まり、晴香が帰ってきた。時々男の声がするので、客が送ってきたのだろうと想像した。

晴香は稼いできたお金のほとんどを謙に渡していた。生活はなんとなく豊かになった。でも贅沢はしなかった。色々な誘惑があることを晴香は謙に話した。嫉妬心が起こることもしばしばだったが、晴香を信じて我慢した。

医学部の学生で、美人で可愛らしい女性だったから、さぞかしもてただろうし、誘惑も多かったと思う。眼科の教授が医局員を連れて、時々「赤い靴」に来ていた。晴香の店での名前は「はじめ」だったが、彼ははじめが医学部の学生で、ここでバイトをしていることを知ったが、特に問題にすることはなかった。むしろ、そこまでして生活の足しにしていることに同情してくれた。医局長に指示して眼科の診療所を紹介してくれて、そこで助手として働かせてくれたので、「赤い靴」でのバイトはそんなに長くは続かなかった。

晴香が卒業後、眼科教室に入局したのには、このような事情があったし、眼科そのものは家庭を持った場合、女医としては極めてよい職場だった。

今池での同棲生活は、あっという間に二年過ぎた。借家の契約は二年で、二年過ぎると再契約しなくてはならず、そのときは新規契約と同じく敷金と礼金を支払わなければならなかった。

晴香の父親や兄弟が時々名古屋に来るが、そのたびに謙は友人の家に泊めてもらいに行った。そんな理由でまた別々の下宿に住むことにした。

晴香は医学部近くの鶴舞公園の近くの食堂兼下宿屋の二階の一室を借りることになった。謙はO君に誘われて、彼が下宿していた家の一室が空いていたのでそこに移ることになった。その家は、その時の外科のH教授の前の教授の未亡人が子どもとお手伝いのお姉さんと住んでいる家だった。紹介者のO君は一〇畳の一番広い部屋にいた。静岡のしいたけ問屋の長男で、金回りが良かった。当時は入手困難なドイツ製のカメラ「ライカ」を持っていて、撮った写真を自分で現像していた。二階にはそのほかに三部屋あり、H君とN君がそれぞれ六畳の部屋にいた。謙は二階の上がり端の四畳半の一番狭い部屋に住むこととなった。未亡人の奥さんはさすがに元教授の夫人だけ会って、上品で綺麗な人だった。

前の教授は、第一外科の二代目の教授だったが、脳卒中で四十代で亡くなってしまい、その後任として初代教授の娘婿で四国大学教授だった森本教授が選考され、第一外科の教授となっていた。

前教授の遺産と四人分の下宿代で生活しているようだったが、奥さんの実家も裕福な家庭だったと聞いていた。医学部の四年生時には、そうやって別居生活に戻ったが、二人が会うときはいつも謙が晴香の下宿の部屋に行った。

晴香の下宿は先述のように、一階は食堂の店で二階を下宿屋としていたが、晴香の部屋のほかに二部屋あり、一部屋は医学部の学生が住み、もう一つの部屋にはアメリカの進駐軍の兵士のいわゆる〝オンリイ〟と称する女性が住んでいた。日本式に言うとお妾さんで、時々アメリカ兵がその部屋に来ていた。

その下宿屋は、食堂と鶴舞公園の中にある竜が池の貸しボートも経営していた。環境的には良くなかったが、医学部に近いことと謙が晴香のところにいつ行っても下宿屋の経営者は一切干渉しなかったので、気軽に会いにいけたのが利点だった。医学部の最終学年は、このような状態で過ごしていた。

ところが、この一年の間に大変なことが起こってしまった。

ある日、晴香のもとを謙が訪ねて行ったときに「謙ちゃん、私、今度の土日、旅行に誘われたので行ってくるよ」と今までにない言葉を聞いた。

「誰とどこに行くの？」

『赤い靴』に勤めていたときに知り合った人で、いい温泉があるから連れて行ってくれるって」

「その人はどんな人なんだ」

「会社を経営している人で、結婚相手もいる人だよ」

「そんな男と行くの、やめてくれよ」

「でも約束してしまったから、行ってくるわ」

「そうか、仕方ないか……。でも行かないでくれよ。……あの店やめてからも、連絡し合っていたのか？」

「うん、でも電話だけだよ。許婚（いいなずけ）もいるんだから」

「とにかく行かないでくれよ。……今日は帰る。また土曜日にくるから」

そう言って帰って来たものの落ち着かず、ひたすら行かないことを願っていた。

土曜日の午後、鶴舞公園の竜が池のそばの食堂を訪れ、二階の晴香の部屋に行った。

晴香はいなかった。家主の食堂のおばさんに、晴香はどこかに行ったのかと聞いた。「旅行に一泊で行ってくる」と言っていたという。それを聞いて、謙はがっかりした、というより絶望感に襲われた。

「俺の晴香でなくなってしまう」
と全身の血が引いていくような感覚に襲われた。

彼女は男からもてたので、謙はいつもイライラ、嫉妬心に襲われることがしばしばあった。時には彼女に嫉妬心を起こさせてみようと試みたこともあったが、彼女は何食わぬ顔をして平然としていることが多かった。

そして週明けの月曜日、教室に彼女が来ていることを確かめた謙は、講義がすべて終わり、下宿に帰る頃を見計らって晴香の部屋に行った。部屋にいた晴香に、「やはり行ってきたのか」と詰問した。「うん」と悪びれた様子もなく答えた。

「抱かれたのか」
との問いには答えなかった。
「イエスかノーか、はっきり言えよ」
と問い詰めたが、やはり答えなかった。

謙は理性を失いかけて、思わず晴香の顔を数回にわたって殴った。力が入ったのか、彼女の顔が腫れていた。これ以上、この場にいると何が起こるか分からないので、とにかく「俺たちはもう終わりか」

と言って部屋を飛び出していた。

謙は自分の下宿に帰り、布団に潜り込んで寝てみたものの落ち着かなかった。

ふと、以前に北信濃の実家に帰省した時、帰りの汽車の中で前に腰掛けていた小学校一、二年生くらいの少女とその母親と話をしたことを思い出した。九州に住んでいる人で、阿蘇山は綺麗なので遊びにいらっしゃいと言われ、住所を書いたメモを渡されていたのだ。晴香を忘れるために、とにかく会いに行ってみようと決心した。

特急列車を乗り継いだが、長時間の旅だった。熊本駅に彼女たち親子は迎えに出てくれていた。二人の家は熊本市の郊外にあり、公務員宿舎の一軒家だったが、同じ造りの古い木造の家が何十戸も並んだ家のうちの一つだった。彼女たちは大変喜んで歓待してくれた。手料理をご馳走になり、夜は親子の部屋と別の

部屋に謙の布団を敷いてくれた。明日は阿蘇山に行こうと計画してくれた。夜、子どもが寝てから彼女が入ってくるだろうと思ったが、入ってこなかった。あせらず次の夜にと思ったのか。謙はなかなか寝つかれず、晴香のことが思い出されて、早く帰りたくなっていた。

次の朝、帰ることを彼女たちに伝えた。彼女たち親子は、阿蘇山に行くつもりで予定を立てていたのでとてもがっかりしていた。〝悪いことしてしまったな〟と後悔した。

名古屋に帰って教室に行ったが、数日講義をさぼったので、晴香も謙がいなくなったのが気になったのだろう、謙のところに寄ってきてどこに行っていたのと聞いたが、謙はどこに行っていたかを話さなかった。

自然に元の生活に戻っていったが、謙の心の中に晴香がとった行動がいつまでも残っていた。そうかといって、このまま彼女と別れてしまう気にはなれなかった。それまでの二人の生活が余りにも長く、また濃厚な関係だったからだ。「嵐が丘」のヒースクリフとキャシーのように心の繋がりが深かったからだった。体は離れても心は離れることはできなかった。そしてまた、いつの間にか元の二人に戻っていた。謙と同じように晴香にも何もなかったのだろう。謙の感ぐりみたいなことに答えるのがバカバカしかったのかもしれない。

医学部四年生になると臨床実習――学生仲間では「ポリクリ」と呼んでいた――が始まった。五人が一チームを作り、各科を回り臨床の現場を見学するのだった。まだインターン制度が残っていた時代だったので、ポリクリは見学だけだった。

インターンになると、臨床に参加することができた。謙と晴香は同じチームに入って、臨床実習をやった。手術見学、産婦人科の外来、出産の立会い、公衆衛生学での屠殺場の見学などは強烈な印象だった。

晴香が「赤い靴」にいたときに知り合った眼科の教授や医局長は、良い意味で何かと晴香に親切だった。晴香に六番町の眼科医の外来診療所での洗眼のアルバイトを世話してくれた。彼らは謙と晴香の関係を知っていて、この診療所の院長が所有していた一軒家を晴香に無料で貸してくれた。アルバイトを引き受ける条件に含まれていたからだ。謙もその眼科に、晴香の行けない時に代わりに行ったことが何度かあった。その家は新築で住み心地は良かった。

二人が医学部を卒業してインターンを終え、国家試験に合格して一人前の医師になるまで、この家に住むことができた。

二、インターン時代から大学院へ

昭和三十二年（一九五七）三月、二人は無事に医学部を卒業することができた。

卒業が間近になると、インターン病院をどこにするかを決めなければならなかった。卒業すると一年間の臨床研修（インターン）をすることが義務づけられた。

N国立大学には、関連病院がたくさんあり、症例数も豊富な人気の高い大きな病院が市内にたくさんあった。大学病院は医師の数が多く、実地習練には不適当と考えられ、大学病院でインターンをする学生は、基礎医学を専攻する学生以外にはほとんどいなかった。

謙と晴香は、鉄道病院を選んだ。同級生の中でこの病院を選んだ学生は、ほかに二人いた。鉄道病院のインターン生は、他大学から来た学生を含めると八名だった。

鉄道病院はノルマがゆるく、比較的のんびりと研修ができた上に、大きな特典があった。汽車に乗るとき、バスがもらえてどこに行くにも無料だったのだ。さらに、車内で車掌と交渉すると二等車、今で言うとグリーン車に無料で乗ることができた。連休や夏休み、冬休みなど、謙は晴香を連れてあちこち旅行した。研修の記憶よりも、あちこち旅行した記憶のほうが多く心に残ったほどだ。なかでも仙台から松島、平泉の中尊寺を訪ねた東北地方への旅行が思い出深い。そして花巻温泉で泊まった鄙びた宿などは、貧しい学生カップルが泊まるに相応しいもので、風情があった。花巻から十和田湖を経由し、奥入瀬のせせらぎを聞きながらバスで青森まで行き、青森から秋田経由で新潟、直江津を経て信越線に乗り換えて北信濃の実家に寄ってから名古屋に帰るという大旅行だった。泊まった旅館は、すべて国鉄の共済組合の加盟旅館だったので、格安だった。

晴香が十和田湖の岸辺で岩に寄り添ったポーズの写真は、アイドル女優を思わせる素敵な写真で、額に入れて机の上におき、いつまでも鑑賞した。後に長男が、その写真を見て「お母さんは女優みたいだね」と言ったのを思い出す。

インターンが終わる三月には医師国家試験があり、これは二人とも難なく合格し、医師免許証を手にすることができた。

晴香は眼科との繋がりがすでにあったので、眼科に入局することを決めていた。

謙は外科を志望し、第一外科に入局を決めた。当時（昭和二十〜三十年頃）は、内科は診断学、外科は治療学だった。内科で治らない疾患も外科で治ることが多かった。

入局すると数か月後に関連病院に赴任させられるので、そうなると二人の生活はまた別々になってしまうので、大学院に入ることに決めた。大学院は四年制なので、四年間は赴任することなく大学に残ることができたのである。晴香も眼科の大学院を受験した。

当時、外科は人気があって入局者は多かった。外科教室には第一外科と第二外科があり、第一外科は一般外科、消化器外科のほかに血管外科、脳外科、心臓外科のチームがあった。第一外科の大学院定員枠は二名だったが、志望者が一〇名あった。英語とドイツ語と面接で合否が決まった。このときも、幸運にも謙は二名の合格者のうちの一人になることができた。晴香も眼科の大学院に合格していたが、希望者は二名だったので無試験で合格できた。謙は眼科と関係が深い脳外科を希望したが、もう一人の合格者も脳外科専攻を強く希望していたので、二人で脳外科に入ることはいろいろな意味でよくないと考え、彼に脳外科を譲って心臓外科を専攻することに決めた。心臓外科は当時、まだ黎明期であり、これから発展する魅力ある分野でもあった。

謙と晴香は教室は異なったが、大学院に入ることで大学病院で研究生活を続けることができるようになり、運命の女神はこのときも二人を引き裂くことはなかった。

大学院に入っても、他の医局員と余り変わらない生活だった。一般に大学院以外の医局員は前述したごとく、入局後数か月のオリエンテーションを受けた後、関連病院に赴任していった。謙たち大学院生はそのまま医局に残り、一般研修と研究テーマを教授からもらって、研究生活を始めた。研究は、他の医局員と共同で行ったが、その医局員は三～四年から、四～五年の赴任生活の後、医局に戻され、学位取得のための研究生活をするのだが、大学院に入った謙たちは、これらの先輩の医局員と一緒に研究することが多かった。

外科の研究は犬を使って実験することが多かった。数名のチームを組んで助けあいながら、それぞれの研究を行った。謙の割り当てられた研究テーマは、「低体温下二十八℃の体温で心臓を止めたとき、何分間、脳は血流遮断に耐えることができるか」というものだった。「ワールブルグ・マノメーター」を使って脳組織細胞の酸素消費量を測定し、その数値の低下度合から推定するのである。常温では三分が限界で、それ以上血流遮断が続くと脳機能障害を起こすのである。体温二十八℃では、三〇分の血流遮断に耐えると推定した。大学院の四年間で研究成果を論文にすればよかった。一般の医局員が赴任先の病院から帰って研究を始めるときには、同期の大学院生は研究を完成させて、医学博士の学位を取得していた。

謙と晴香は、国家試験に合格して医師免許証を持って大学院に入学していたが、生活は週一〜二回の市中病院でのアルバイトや夜の当直で、なんとか成り立っていた。

晴香は眼科教室で、うさぎを使って放射線の網膜に及ぼす影響を研究していた。これが後に大学院卒業の学位論文になった。

この頃、六番町の貸家から名古屋市市営住宅のテラスハウスに入ることができたので、豊明町に移住した。いわゆる団地生活であった。二人で豊明町から名鉄電車に乗って堀田駅で降り、市電に乗り換えて鶴舞公園で下車し、大学病院に通った。

大学院生の終わりの頃、晴香は妊娠したので、これを機会に結婚式を挙げることにした。昭和三十四年（一九五九）春、四月の末であった。仲人は第一外科の森本教授夫妻にお願いして、式と披露宴は名鉄ホテルで行った。

親兄弟・親戚は皆、長野県在住だったので、人数は四〇人の小規模な結婚式だった。

仲が良かった同級生数名も参加してくれたが、その後で引き続き同級生たちがほとんど全員集まって、二次会という形で謙と晴香の結婚を祝ってくれた。長い長い青春の大きな節目であった。

その年の秋に、長男・健太郎が生まれ、二人は父親と母親になった。

晴香は数か月の休暇の後、再び医局生活に戻った。晴香の実家の知り合いの二十代女性が、健太郎の面倒を見てくれた。

謙は、大学病院の第一外科の病棟勤務の看護師に回診の合間の雑談で

「俺に子どもができた。これで俺の遺伝子を残すことができたので、俺はもういつ死んでもいいな」

と話した。すると看護師たちは異口同音に

「そんな事言って〜〜、女はこれからが大変なんだよ、子育てに」

と言った。そうだったな、男は無責任なことを考えるものだと思った。

晴香は美人だと、謙はいつも思っていた。美人なのに、自分は美人であると思っていないのか、思っていても態度に表さないのか、不思議な存在だった。誰でもそうかもしれないけれど、〝私は美人だ、綺麗だ〟と自負している女性は敬遠されるけれど、晴香にはそれがなかったので、多くの人から好かれていた。そして自分の意思をはっきり言える人だった。買い物に行っても「負けていただけませんか？」と必ず一度は聞いた。自分の家が商家だったので、お客がいつも〝負けてくれないか〟と言っていたのを聞いていて、〝負けろ〟というのが当たり前と考えていたのだろう。

謙は一般家庭に生まれていたし、そんな厚かましいことは言いにくいので、そのままお金を払おうとすると横から「もう少し負かりませんか?」と聞いてくれた。

入学時、同級生は八十七人だった。そのうち七人が女性で、晴香が一番美人だった。その晴香がいつも謙と一緒にいるので、さぞかしみんなは羨ましかっただろうと思う。男子学生八十人、謙を除くと七十九人がいつも晴香を狙っているような気がしていた。彼らから晴香を取られないようにガードすることはとても大変だった。

謙は、晴香が謙を選んで良かったと思えるような男になろうと常に思っていた。

晴香は、何を着てもさまになって、それなりによく似合った。謙は、男としては小柄で細身だったので、体力的には他の男子学生と比べて優位とはいえなかった反面、彼のマスクは好感がもてて、今で言うイケメンの範疇に入っていたので、看護師たちからはもてていた。そしてファッションに興味を持ち、なるべく格好の良い物を選んで着るように心がけていた。

中には図々しい男がいて、謙のいないときに晴香に話しかけてきて、家に上がりこんでお茶など飲んでいく奴もいた。そんなときは、いつも正直に「今日はA君が来て寄って言ったよ。お茶入れてあげたけど、面白い人だね」と話してくれるように、隠し事はなかった。A君は開業医の息子で乗馬クラブに所属しており、授業に乗馬ズボンに乗馬靴を履いたままやってきたりする気障な男だった。またM君などは、クラシック音楽が好きで合唱部を作り、昼休みに合唱練習の指揮をしていて格好のいい同級生の一人だった。クラスの七人の女性はほとんどこの合唱部に入っていて、昼休みにはソルベーグやステンカ・ラージンなどの曲が校内に流れていた。謙は七十九人の中でトップの人間でいなくてはと、常に思いながら行動し、生活し勉強していた。謙が大学院に合格して以来、同級生の中で謙の存在価値は一層高くなった気がした。晴香のためにも、ぜひ大学院に合格しなくては、謙の面子が立たないと思っていた。大学院に合格したことにより、晴香とさらに四年間、大学生活ができることが保証されたことも喜びの一つであったが、強豪の一〇人の中を勝ち抜いたという優越感に満足していた。

謙が心臓外科を選んだのも、当時心臓外科と脳外科はともに黎明期で注目を浴びていたからだ。心臓外科医と聞くだけで〝凄い医者だな〟と世間では思われていた。前述のように大学院に入ったもう一人が脳外科を選んだこともあったが、晴香のためにも、心臓外科を選んで、彼女の面目を守ってやりたかったのだ。

三、アメリカ留学

大学院四年になると、指導役の先輩助手から

「卒業したら、アメリカに留学してこい」

と進められた。大学院の二年先輩が、アメリカ・ノースカロライナ州のデューク（Duke）大学の胸部外科に留学していたが、謙が大学院を卒業する翌年に帰国する予定なので、その後、謙を採用してくれるように先輩が指導教授に働きかけてくれていた。

教授の名前はW・C・シーリー（Sealy）といった。

謙は、妻となった晴香に留学について相談した。

「ぜひ行って勉強していらっしゃい」

という励ましの言葉が返ってきた。留学という言葉はよく耳にしたが、自分が行くとなると、いろいろ心配事が頭をかすめた。故郷に残した両親のこと、妻と四歳となった息子の健太郎のこと。外国での一人暮らし。夢と希望の影に、こんな心配があった。

当時、昭和三十七年（一九六二）頃は日本経済も上向きになっていたとはいえ、ひと月の収入は二万円程度、それに対してアメリカへの渡航費用（飛行機代）が片道三〇万円だった。晴香の力を借りても、とても難しい金額だった。フルブライト留学生（各自の専門分野の研究を行うと共に、何らかの形で日米の相互理解に貢献できるリーダーを育成することを目的とした奨学生制度）の試験を受けて合格し、学位論文を書きながら英会話の勉強を始めた。大学の教授で、留学中にアメリカ人と結婚した方がいて、その方の奥さんが生活のために英会話の教室を開いていたのを知り、同じくフルブライト留学生の試験を受ける友人と一緒に夜、仕事が終わってからその教室に通った。また、後輩の女医さんが通っているという、イギリス人牧師の英会話教室を紹介してもらい、そこにも通った。英語の読み書きは得意だったが、会話はまた違って難しかった。

全国からの数多くの受験者の中にN国立大学の数名も含まれていたが、N国立大学の受験生の中で合格したのは謙、一人だった。これも謙の人生の中における幸運の一つだったかもしれない。

そして昭和三十八年七月、アメリカ・デューク大学に行くことになった。デューク大学胸部外科での月給は、二〇〇ドルだった。

大学院三年のとき外科の医局長が、謙たち夫婦に無料で一軒家を借り受けられる話をすすめてくれた。それは、名古屋空港近くにあった豊田村の三菱重工の工場付属の診療所で、夜間に緊急患者の診療をするという条件であったのだが、患者は時々あるだけで、診療のない日のほうが多かった。条件が良かったので、すでに豊明の団地からそこに引っ越していた。

晴香は、息子の健太郎を近くの村営保育園に入れ、実家から紹介してもらった初老のお婆さんを住み込みのお手伝いさんとして雇って、大学病院に勤務していた。

妻と息子をそこに残して、七月四日、アメリカ独立記念日に羽田空港から他のフルブライト留学生と一緒にアメリカに向かって飛び立った。一年後には必ず晴香と健太郎をアメリカに呼び寄せることを約束して……。

謙と晴香の両親と、晴香に抱かれて手を振っていた健太郎の笑顔は、一生忘れられない光景であった。羽田空港で一緒だった他のフルブライト留学生とは、それぞれの目的地に向かうためロサンゼルスで別れ、一人ぼっちになった。医学系の留学生は二人で、他は経済学、法学、理学の研究者だった。

謙はシカゴ行きの飛行機に乗り換えた。シカゴ空港でロスから来たアメリカの学生と話をする機会があり、レストランで一緒に食事をして別れた。アメリカに行って、誰かと一対一で長い時間会話をしたのは、このときが初めてだった。

ノースカロライナのローレイ・ダラム空港行きの飛行機は、今まで乗ったジェット機に比べて小さなプロペラ機で、乗客も少なく、軍服を着た軍属が大半だったので、孤独感に襲われた。日がとっぷり暮れた頃、飛行機はシカゴ空港から飛び立ち、ダラム空港に着いた時は、あたりは真っ暗だった。到着ロビーには先輩の広岡先生が奥さんと三歳の娘と一緒に出迎えてくれた。空港からダラムの町の間は、松林だけで明かりは夜空の星の僅かな光だけだった。

その夜は、彼の借家に泊めてもらった。アメリカの民間の家に寝る第一夜だった。次の朝、広岡先生の案内でこれから勤務するデューク大学の胸部外科に行き、主任教授のドクターW・C・シーリーを

はじめ、教室のスタッフに紹介され、その後、これからの住居となる大学院生の寮に案内された。広岡先生が九月に帰国するまで、約三か月間、そこで生活した。彼が帰国するとき、彼が持っていたダッチ（Dodge）という車を譲り受けて、ダラム郊外の老夫婦の住む家の二階に下宿することとなった。車を譲ってもらったので、運転免許証を取らなければならなかった。筆記試験と実地試験があったが、英語が下手なのに筆記試験は満点だったので、試験官は驚いていた。

先輩が帰国して、ダッチの大型中古車を手にした謙は、台湾出身のフランシスという学生と仲良しになり、同じ下宿の二階の隣の部屋に誘った。

フランシスは英語も日本語も上手だった。英語の勉強には良い友達だった。彼は生理学教室に所属し、研究生活を送っていた。

謙は、晴香とつきあい結婚してアメリカに来るまで、いつも一緒だったので、アメリカでの晴香と離れての独身生活の空しさに耐えるのに苦しんだ。さりとて、アメリカでの生活は毎日忙しく、その上、月に二〇〇ドルの給料では余暇を楽しむ経済的余裕もなかった。

晴香は美人の女医だったので、日本では眼科教室の教授はじめ医局長、医局員の先輩からも好かれており、好条件のアルバイト先を用意してくれたので生活は安定し、一年後にアメリカに来る飛行機のチケット代をためるのにそれほど苦労はなかったようだ。その上、謙が広岡先輩から譲ってもらった車の代金は、晴香が日本で日本円で支払ってくれていたのである。

それに比べて謙は、二〇〇ドルの中から一〇ドルを謙の両親に送金していたので生活は楽ではなかった。下宿代は月に三〇ドル、その他の生活費をひいて月に五〇ドルをためるには苦労した。翌年、晴香をアメリカに呼び寄せるための資金だった。

デューク大学は、アメリカでは女子学生に人気があり、裕福な家庭の女子学生が入った。トリニティスクールから次第に大きくなり、総合大学となり、医学部や付属病院、研究施設などが充実し、アメリカでは十指の中に数えられる評判の良い大学だった。チャペルの高い塔は、青い空と森林の間にそそり立って素敵だった。

謙は、研究や臨床研修、手術助手の合間、特に昼食のとき、いつもは病院のカフェテリアに行くが、時々一般学生が利用する学生食堂に行って食事をとった。研修医のジャケットとズボンのユニホーム姿は、一般学生にはエリートとして目に映ったのだろう。食事を一人でとっていると、白人の美人女子学生が時々同じテーブルに腰掛け話しかけてきた。余り上手でない英語で一般的な話をしたが、結構楽しいひと時だった。時々同じ女子学生と食事する機会が増えたが、数回同じ学生と同席すると、必ず聞いてくる質問があった。

〝Are you single? Are you married? Are you bachelor?〟

という言葉だった。

〝I am married.〟

というと次回から、その女子学生は同じテーブルに来なくなった。はっきりしている。でも、なんとなく寂しい気分になった。日本では、初めてあった女性と食事しても
「結婚していますか、独身ですか」

と聞くことはまれだったが、アメリカではその点はっきりしていた。結婚している留学生が〝結婚していない〟と偽って後で困った事件となった話を友人から聞かされたりもした。

日曜日は原則、休みなので、広岡先生は時々、謙を郊外の珍しい場所に連れて行ってくれた。日本にはまだなかったボウリング場がダーハムとチャペルヒルのハイウェイ沿いにあった。当時、アメリカでもビートルズが大人気で、謙が留学していた頃は「I wanna hold your hand」が大流行だった。ボウリング場やショッピングセンターでは、いつもこの歌が流れていた。謙も髪型をビートルズ風に変えていた。

アメリカ南部は、奴隷で経済が支えられていた時代があり、奴隷売買していたマーケットのあとにも連れて行ってもらった。こんな南部の小さな町でも、日本食品店があり、醤油、味噌などが手に入った。

文学部に留学していたY君は二十歳代の元気な青年だったが、謙と同じ研究室に来ていたO先生を誘ってチャペルヒルにある学生の集まる居酒屋に時々連れていってくれた。男の学生ばかりで殺風景な場所だった。謙はあまりアルコールが好きでなかったので、正直退屈した。

Y君は、「竹田先生のように奥さん一筋に愛していた人が、こんな寂しい町に来たら、ノイローゼになって帰国してしまうことが多いよ」なんて冷やかした。ちなみにチャペルヒルにはノースカロライナの州立大学があった。

Y君は文学部だったので、医学部と違って謙の知らない情報をたくさん持っていた。あるときデューク大学に喜劇役者のボップホップ（Bopphopp）がお笑い講演会をしにやってきたので、謙はY君と一緒に聞きにいった。ところが、周囲の人は大笑いしているのに、英語のギャグがわからない謙はチンプンカンプン、全くおもしろくなかった。入場料の五ドルはまったく無駄づかいだった。

謙たちが暮らすノースカロライナ州とワシントン州の間にバージニア州があるが、そこにノースフォーク（Northfork）というアメリカ海軍の軍港がある町があった。まだ独身だったY君は、そこに行くと売春婦がいるので時々遊びに出かけると言っていた。またワシントン州の近くにボルチモアという町があり、そこに行くとボトムレス、いわゆる全裸のヌードショーが見られると言っていた。謙は、そんな話を聞いても余り興味が持てなかった。それよりも、前もって手紙で連絡を取っておいて、日本時間のクリスマスの夕方に、研究室から日本の晴香に電話することが待ちどおしかった。

当時アメリカでは、「パーソン　トゥ　パーソン　コール」（person to person call）といって、電話会社がこちらからかけたい人を探してつないでくれるサービスがあった。半年ぶりに聞く晴香の声は、とても素敵だった。すぐにでも帰りたい気持ちになったが、男がひとたび志を立てて勉強に来た以上、予定の二年間は死んでも帰るわけにはいかなかった。

デューク大学では、超低体温下での体外循環の研究を主にしたが、一年契約の間にある程度成果を出して、二年目はシカゴのノースウエスタン（North Western）大学の外科に移った。

低体温法で初めて開心術を行って有名になったドクター・F・J・ルイス（Lewis）教授の下で、新しい研究と研修をするためだった。

二年目には、アメリカ生活にも慣れたので、晴香と健太郎を呼び寄せる準備をした。妻が眼科医であることをドクター・ルイスに話して、研究部門で働く場所を探してもらった。ドクター・ルイスが朝鮮戦争に参加したときの戦友、ドクター・ニューウェル（Newel）がシカゴ大学の眼科の主任教授をしているので、彼に話してみると言ってくれた。

そのおかげで、謙がノースウエスタン大学に移るとき、晴香もシカゴ大学の研究員として採用してもらうことができた。晴香が四歳になった健太郎を連れてシカゴに来たのは、謙がアメリカに来てちょうど一年後の七月だった。謙はノースカロライナから中古のダッチに乗ってシカゴに入り、あらかじめ予約してあったノースウエスタン大学の家族用学生寮に入り、翌日、オンボロダッチに乗ってシカゴ空港に迎えに出た。入国手続きを終えて出てくる晴香と健太郎を見たとき、感慨無量だった。一年ぶりに会う晴香は相変わらず綺麗だった。健太郎も見違えるほど大きくなっていた。

大学の学生寮は、大学院用のアパートで家具類はすべてそろっていたので、そのままで生活ができた。

ノースウエスタン大学のF・J・ルイス教授（Professor F. J. Lewis）の研究室には、すでに一年前から東都女子医大から坂下先生が留学していたが、彼に教えてもらった日本食のレストランに二人を連れていって日本食を食べた。そして健太郎が寝てから、一年ぶりに二人の愛を確かめあった。お互いに一年間の苦労と寂しさを思い出すと、自然に涙が頬を伝って流れた。

初めはノースウエスタン大学の家族用学生寮に入ったものの、妻の通勤を考え、すぐにシカゴ大学のレジデントアパートアパートに引っ越した。謙は、そこからノースウエスタン大学に通った。このアパートは家具付きではなかったので、シカゴ大学のキャンパスの掲示板で〝for sale〟と書かれた張り紙を見て、ベッド、ソファー、テーブル、冷蔵庫、机などを購入した。卒業生で大学を離れる学生が格安で売ってくれたものだった。

息子はシカゴ大学の付属保育園に入れて、毎日、晴香が保育園に送ってから大学に出勤した。夕方、勤務が終わると晴香が健太郎を保育園に迎えにいった。オンボロに近いダッチでの送り迎えだった。晴香はシカゴに来てすぐに運転免許をとった。謙はシカゴ大学のレジデントアパートから黒人が多く住む五十八番街で電車に乗って、ノースウエスタン大学に通った。

ノースウエスタン大学医学部は、ミシガン湖のほとりのダウンタウンにあり、風光明媚なところにあったが、シカゴ大学はダウンタウンから離れていた。黒人が多く住み着いたため、白人はさらに郊外に移り住んでしまったらしい。

シカゴ大学のレジデントアパートに東京の私立医科大学の生理学教室の助教授の鈴木先生一家が来ていて、産婦人科医の奥さんと五歳の女の子と四歳の男の子と四人で暮らしていた。謙の家族は、すぐにその家族と仲良しになった。

ノースウエスタン大学に来て、月給は四〇〇ドルとなり、晴香もシカゴ大学の眼科研究室から四〇〇ドル支給されたので、二人合わせて八〇〇ドル、生活は楽になった。したがって、当時のアメリカでは、まあまあの生活ができた。それに対して日本から来た生理学助教授は、基礎医学の生理学教室では研究者不足ということもあって、月に一〇〇〇ドルもらっていたという。

謙の研究は、「心臓手術における体外循環後の肺機能障害の成因について」であったが、データ処理にＩＢＭコンピュータを用いた画期的なものだった。

晴香の研究は、糖尿病網膜症の成因研究で、ある薬剤をウサギに投与して網膜の血管に動脈瘤ができることを発見した。ニューウェル教授は大変喜んでいた。

週末は、謙一家も鈴木先生一家もフリーとなっていたので、市内は勿論、郊外にもそろってドライブに出かけた。動物園、植物園、博物館などに家族ぐるみ、こぞって出かけた。初めは謙の中古車ダッチに皆を乗せて行ったが、やがて鈴木先生がシボレーの新車を買ったので、その後は彼が免許を取るまで、謙が運転して出かけた。

シカゴ大学の眼科研究室に、備後大学の眼科講師が研究員として来ていた。彼の家族は、専業主婦の奥さんと小学校一年生の女の子であった。アメリカでは、どこに行っても日本人がいるんだなと、謙は実感していた。備後大学講師は、眼科研究室が晴香と一緒だったので、コーヒーブレイクやランチタイムなどによく一緒に話をしていたようだった。

レジデントアパートが病院の敷地内にあって、昼休みに晴香は、時々部屋に帰っていたようだったが、そのときに彼を連れてきたことを話したので、謙は、男を一人で連れてこないように注意した。アメリカでは、女が男を自分の部屋に入れたら何をされてもいいことを意味すると聞かされていたが、晴香はそんな習慣を知らずに、気軽に彼を家に案内しただけだろうと謙は思っていたが、一応注意しておいた。

その後は、彼を部屋に連れてくることはなかったと信じていた。その男は口はうまかったが、一見ハンサムでもイケメンでもなく、普通の男だったからだった。しかしあるとき、謙がシカゴ大学の研究室を訪ねたとき、仕事も終わり晴香と一緒に帰るときに、その眼科講師も一緒に帰ることになった。三人で歩道を歩いていたが、晴香と彼は研究室の話をしていたので二人で並んで歩き、謙は数歩離れて後ろを歩いていた。信号機のところで赤に変わり、立ち止まった時だった。突然、彼が聞き捨てならない言葉を口走った。

「こうして歩いていると、恋人同士みたいですね」

夫がすぐ後ろにいるのに、よくもそんなことが言えるもんだと、カーッと頭に来たが、まあ好きなことを言わせておけと思ったものの、いささか頭に来て、後で晴香にそんなことを夫の前で言わせておいていいのかとなじった。

あるとき、その彼の家に謙と晴香と健太郎ともう一人の眼科の留学生K先生が招待されたことがあった。その留学生は備前大学の講師だったが、単身で来ていた。帰るときに彼の奥さんが謙のコートを取って謙に着せるのを見て、「お前、奥さんのいる竹田先生に着せてあげるよりは、単身で来ているK先生に着せてあげなよ」とジェラシーのこもった声でなじったのを聞いて、〝ざまーみろ〟と謙はほくそ笑んだ。

シカゴの長い冬も終わり、春がやってきた。冬のミシガン湖は薄暗く、空の灰色と湖の灰色が混ざって、その境界がはっきりせず、空と湖と陸地が一つになってしまったかのようだったが、三月の末になると空の青さと湖の色がくっきりと分かれて、素晴らしい景色となった。

湖畔のレイク・ショア・ドライブ（lake shore drive）と呼んでいる高速道路の向こうに高層ビルが立ち並び、反対側の湖と調和した景色が現れたのである。

そんな頃、晴香が妊娠していることが分かった。最終生理から推定すると出産予定は八月の終わり頃だった。ちょうど一年の契約が切れる頃だった。

六月に入り、夏休みの休暇が一週間とれたので鈴木先生の家族と一緒にニューヨークの万国博覧会「world fair」を見に行く計画を立てた。車は、彼が買った新車のシボレーで行くことにした。大型車だったので、前に二人、後部席に母親たち二人と子ども三人が乗れることを確かめて出かけた。運転は謙がほとんどして、時々晴香が代わった。

未だ日本にはなかった、両方向で四車線のハイウェイ・ドライブは素敵だった。

途中、ピッツバーグ郊外のモーテルで一泊して、さらにワシントン郊外のモーテルに泊まり、ニューヨークに入った。ニュージャージーから見たニューヨークの高層ビルの眺めは、おとぎ話の世界を見るようだった。

ニューヨークでは、シティホテルに泊まったが、万博会場は混みあっていて、十分な見学はできなかった。帰りには、ピッツバーグ郊外のリンカーンパークに寄り、リンカーンが暗殺された場所を見てきた。

ニューヨークからの長いドライブの後、シカゴに戻り、また以前どおりの研究室生活に戻った。

それからしばらくたったある夜、晴香が突然、性器出血を訴えた。白い便器に真っ赤な血液が多量に出ているのを見た謙は、鈴木先生の奥さんが産婦人科医なのですぐに電話して事情を説明した。彼女の見立てでは前置胎盤と思われ、すぐに入院処置したほうがいいとのことだったので、夜が明けるのを待って謙のボスであるノースウエスタン大学のドクター・ルイスに電話した。彼はすぐに大学の産婦人科の助教授に連絡を取って、入院手続きをしてくれた。

息子の健太郎を鈴木先生の奥さんに預けて、晴香を車に乗せてノースウエスタン大学病院に入院させた。産婦人科の助教授に会って、必要なら輸血をしてほしいこと、胎児も大切だが、まず母親を優先して助けてほしい

ことを頼んだ。「考え方は、日本もアメリカも同じだから心配するな」と、担当の助教授もドクター・ルイスも同じことを言った。

予定日より二か月以上早かったが、出血が止まらないので胎児を経膣的に出すこととなった。できれば出血が止まれば様子を見るつもりだったが止まらないので出すことに決まったのだ。担当の助教授は〝Baby may not be helped. 〟と謙に告げた。

その日の一〇時頃、産婦人科助教授が待合室で待っていた謙のところに来て、「子どもは無事に取り出すことができた、母子ともに元気だ」と告げた。

謙はこんなに嬉しいことは、これから先、滅多にないだろうと思った。

入院期間は当時、日本では想像できないほど短く、数日後には退院許可が下りた。

生まれた子は女の子で、体重わずか二〇〇〇グラムだったが、人工ミルクの飲み方もよく、インキュベーターに入れることもなく、晴香の貧血もすぐに回復して退院できたのだ。

六月に生まれたので、当時有名だった女優のジューン・アリソン（June Arison）の名を借りて、アメリカ名はジューン（June）と名付けた。日本名は「節美」としてシティ・ホール（市役所）に届けを出した。これで節美は、日本とアメリカの二重国籍を持つこととなった。

母乳が少なかったので、「フォーミュラ」という人工液状ミルクを購入して飲ませた。オムツは、当時すでに使い捨てオムツ〝disposable diaper〟が市販されていたので楽だった。

未熟児に近い小さな子だったが、ミルクをたくさん飲んでスクスクと育った。シカゴ大学の研究室では、晴香がベイビーを生んだと知って驚いていた。白衣を着ていたので、ほとんどおなかの大きさが分からなかったのである。研究のほうも、前述のように糖尿病網膜症の研究は順調に進み、論文をまとめるだけのところまできていたので、データのすべてを研究室に残して、研究室を辞することになった。そのため、レジデントアパートを退去しなくてはならなくなったので、シカゴ北部の民間のアパートに引っ越した。

レイク・ショアに近く、公園もあってよい環境だった。謙は、ノースウエスタン大学の研究室の契約を九月まで三か月間延ばしてもらったので、九月までこのアパートに住んだ。

息子の健太郎は、妹ができたことと、お母さんが毎日家にいることで保育園にも行かなくてもよくなり喜んだ。週末には、時々ミシガン湖の砂浜に行って水遊びをしたり、泳いだりした。若者たちが裸で砂浜に寝そべって肌を焼いていた。

謙は、九月までに研究成果の論文を二編にまとめ、American Journal of Thoracic Surgery に投稿し、研究室を辞してシカゴを去った。

シカゴから特別急行列車「エル・キャピタン」のキャビンに乗ったのは夕暮れ時だった。多分もう二度と来ることはないだろうと思うと寂しさと懐かしさで胸が熱くなった。オクラホマにドクター・ズーディ（Zhudi）（無血体外循環――血液を使わないで五％ブドウ糖液だけで人工心肺を使用する方法――で有名になった先生）を訪ね、手術の見学をした。その後ヒューストン、テキサスに寄りドクター・クーリー（Coolley）（当時世界的に有名だった心臓外科医）の手術を見て、観光もしながらグランドキャニオンを経てロサンゼルスでディズニーランドを見てから、サンフランシスコに入った。ここでレンタカーを借りて、パルアルトにあるスタンフォード（Stanford）大学に行き、ドクター・シャムウェイ（Shamway）（世界で二番目に心臓移植をした心臓外科医）の心臓移植を見学した。手術見学と観光を兼ねた大旅行だった。

サンフランシスコから大型船「プレジデント・ウィルソン」号に乗って、ハワイを経由して二週間かけて横浜港に着いた。三等客室で丸い小さな窓が一つあるだけで、そこから水面がわずかに見えた。いつの日にか、今度は一等客室で世界を旅してみたいものだと思った。

船旅は二週間だったが、途中ハワイで一日停泊したので、レンタカーを借りてオアフ島の中を見

て回った。健太郎が転んで膝をけがして、船内の医師の手当てを受けたり、暴風に合って船が大揺れして吐き気をもよおしたりしたこともあったが、毎晩催し物やゲーム、仮装パーティー、映画の上映などがあり、退屈することはなかった。医務室の看護婦さんが日系人だったので、健太郎や節美の面倒をよく見てくれた。

二週間の間にシカゴで取り組んだ研究の一部を論文にしようと頑張ったが、船が絶えず揺れているのでなんとなく気分が落ち着かず、書きあげることはできなかった。

シカゴを立ってから約一か月以上の旅だったが、生後三か月の節美は、風邪もひかず、元気で十一月の末、日本に帰国することができた。

郷里の信州にその年は滞在し、翌昭和四十一年一月からN国立大学に戻り、謙は第一外科教室に、晴香は眼科教室に所属した。

名古屋市郊外に小さな一軒家を借り、二人の子どもの世話のために、謙の母親が父親を一人信州に残して世話をしにきてくれた。親はありがたいものだと思った。

謙の父親はその間、北信濃の古い旧家で一人で生活をしなくてはならなかったが、謙たちが謙の弟の面倒を見ていたので我慢してくれていた。謙の弟は、名古屋の近くの私立大学の付属衛生検査技師学校に通っていた。そしてアルバイトとして、晴香の所属する眼科教室の研究室の研究補助員となった。医局長の輪島講師が彼を可愛がってくれて、秘書のように連れ歩いていた。その謙の弟は、後に眼科教室で秘書をしていた女性と結婚した。

Ⅲ　帰国後の謙と晴香

一、ゴッドハンド愛の誓い

謙の家は、父親の代で十二代目、初代は「武田門四郎」という人であったが、後に「竹田七郎兵衛」と改名したと墓碑に刻まれている。正保四年（一六四七）に他界している。「人生五十年」といわれていた時代なので、出生は一五九〇年代であろう。関ヶ原の合戦の十年程前に生まれているはずである。武田氏が、織田・徳川連合軍に敗れ、武田勝頼が天目山で自刃して滅亡した頃に生まれているので、落武者の子として川中島に流れてきて「竹田」姓に改姓して、ひっそりと暮らしていたのだろう。このあたりは、武田と友好関係にあった真田の領地となっていたので、何とか生き延びたと思われる。

謙の父は若い頃、東京に出て教師をしていたが、祖父が死亡すると、長男という理由で、また自家が武田の末裔だと信じていたこともあって、昭和十六年（一九四一）の春、太平洋戦争が始まる前に、東京の家を売って、竹田家を継ぐべくこの地に帰ってきた。謙も、どこで仕事をしていようと、晩年はこの家に帰って十三代目を継がなければならないと思っていた。

その後、晴香は、人望があったのか、間もなく眼科の医局長となり、講師に昇格した。しかし、二人の子どもの教育のこともあり、晴香は眼科教室を辞して、昭和四十五年に名古屋市内で眼科を開業した。

帰国後、第一外科に戻った謙であったが、同僚の医局員が一〇〇名以上いた状況で昇進には時間がかかり、長い間、無給医局員だった。二〇〇〇年代に入った現在では、研修医でも月給が貰えるが、当時は助手以下はすべて無給だった。その代わり、週に二日ほど市中病院にアルバイトに行って生活費を稼ぐことができた。医局長が、そのアルバイトの斡旋をしているという時代だった。

謙はその後、助手となり医局長に選出され一〇〇人以上の医局員を統括する立場となり、さらには講師に昇格した後、昭和五十六年（一九八一）、加賀医科大学胸部心臓血管外科の主任教授となった。

同級生八十七人の中で、臨床医学の教授になったのは数名足らずで、当時、花形であった心臓外科の教授となったのは謙だけであった。もう一人、名古屋の名門病院の姻戚関係にある同級生が脳外科の教授になっていた。

謙は常に、自分の彼氏となり、夫となった謙のことを晴香が誇りに思えるような男にならなければば、プロポーズした責任上、申し訳ないと思いながら必死に勉強し、研究に打ち込んだ。同級生の中でも地方出身の謙が医学会、外科学会でもトップクラスのポジションを得たことは、晴香を口説いて彼女にして、妻とした謙にとっては、責任を果たせたと実感でき、嬉しかった。

彼女がそんなことを望んだのかどうかは、本人でない限り心の奥底までは分からない。しかし、彼女に夫を誇りに思ってもらえる人になることが、惚れて自分の伴侶とした女性に対する責任であると、謙は常に思っていた。きっと、彼女も喜んでいてくれたのではないかと思いたい。

謙は、大学病院の心臓外科の教授として、心臓病の手術を何千例も行い、手術成績は抜群であった。「ゴッドハンド＝神の手」として尊敬されるほどであった。重症心不全となって救命不可能と思われた患者も、手術の影響から脱する間、人工心臓を導入して心臓の補助をして救命するなど、新しい技術を取り入れて患者の命を救った。

加賀医科大学に赴任するとき、第一外科教室員一同と同門会の諸先生方、先輩、後輩が大勢集まり、名古屋観光ホテルで盛大な送別会を開いてくれた。

その時の第一外科の先輩教授が次のような言葉を述べられた。

「教授となったからには二つの重要な役割がある。一つは教科書に載るような研究業績をあげることである。もう一つは、教室員を育成して何人の教授を輩出するかである」

この言葉は謙の心にずっしりと刻み込まれた。

謙の研究業績の一つに、米国の胸部外科学会誌に掲載された論文がある。

重症心不全の外科治療の際、補助人工心臓を使用して手術成績を向上させたことは前に述べたが、両心不全（左心室と右心室が共に機能障害を起こしている疾患）を右心室優勢型と、左心室優勢型の二つに分類し、いずれか優勢の方に補助人工心臓を付けて循環補助を行うことで、術後の心不全を乗り切る方法を提唱したことである。

また、何人の教授を輩出したかを数えてみると、五人の教授を輩出していたことである。教授となった責任を果たすことが出来たと自負している。

一八歳で福川晴香と知り合い、愛を語り合う行為を繰り返し、惚れ抜いた彼女が一生を振り返ったとき、〝苦難の道もあったが、良い人生であった〟と思えることが、男の愛と責任であると思い続けていた。彼女は、美人で聡明な女性だったので、多くの男から熱い視線を受けていた。時には、惚れていた男にとっては耐えられないような過ちもあったかもしれない。

親しい友人の一人が、

「美人の女性を彼女に持った男の宿命だよ」

と言ったことがあった。しかし、謙にとっては何があろうと手放すことのできない女であった。

一八歳の時に目にした晴香の魅力は、何十年経っても変わらなかった。

謙は、よく人に話した。

「惚れて結婚しておきながら、なぜ離婚するのだ」

〝見る目がなかったのか〟、〝洞察力がなかったのか〟となじったりもした。好きだと思った相手が、後で嫌いになったということは、初めに見る目がなかったのか。努力が足りなかったのか？美人の女性を彼女に持った男に宿命があるように、いかす男、有能な男、美形の男、いわゆる「イケメン」を彼に持った女にも同じような宿命があるだろう。

何があろうと、好きになった相手は最後まで好きでいなくてはならない、それは義務でも強制でもない、本能的にそうならなくてはいられない相手を選ばなくてはならないと思うのである。そして、一生守り抜くと決めた以上、何が起ころうとも手放さない真心と誠意と愛を育てていかなければならない。

謙も鼻筋の通った、目がやや窪んで西洋人のような瞳の聡明な容貌の持ち主であった。そのために、看護師や患者から好かれていた。医師と看護師の懇親会のときなど、美人看護師から二次会に誘われたり、妻のいる身であるのにデートに誘われたりしたことも幾たびかあった。でも謙は、簡単に誘いには乗らなかった。

誘われて嬉しくない男は多分、いないだろう。謙も例外ではなく、嬉しかったが、相手の欲望に応じる気にはなれなかった。あるとき、一泊旅行の懇親会で、アルコールに弱い謙は早めに雑魚寝の端で寝てしまったのだが、夜中に気がついたら、若い看護師の一人が謙の布団の中に入ってきて寝ているではないか！　びっくりしたが、騒ぎ立てないほうがお互いのためと思い、朝までじっとしていたが、彼女が寝ぼけたフリをして抱きついてきたことなどもあった。

手術をした患者の奥さんから、お礼に夕食に誘われ、食事だけだと思ったら、お礼の印だと言って高価な贈り物を押し付けられた上、デートに誘われたこともあった。無論、応じることはできなかった。

親切な看護師の中には、妻も医師として大学病院で働いていたので、お休みの日には子どもたちの世話をしにきてくれる奇特な人もいた。謙や晴香に好意を持っていたからだろう。晴香もきっと、同じようなこと以上のことがあったかもしれないが、謙と同じ心境だったと思っていた。

愛とは何かと問われたら、

「自分が大切に思う人が、喜んでくれる行為である」

と謙は晩年、そう定義づけた。

謙と晴香との愛もエミール・ブロンテの「嵐が丘」のヒースクリフとキャシーのように、死んでも魂が呼び合う愛であったと信じている。

謙がN国立大学に勤務して、講師（現在の准教授相当）となった頃から、晴香は健康維持の目的もあって硬式テニスを始めた。眼科の患者を診察するときは暗室を使うので、日光に当たる時間が少ないので屋外スポーツが健康上必要だったのだ。

医師会のテニスクラブに入って、午後一～三時の昼休みにテニスを始めた。全くの初心者だったが、ラケットを変えながら少しずつ上達し、ゲームもできるようになった。

上級者と組んでゲームをして、勝ったりすると嬉しくなってますますテニスが好きになっていった。ボールがラケットを弾く音が心地よく、相手が上手な場合は、ラリーが長く続いて楽しかったという。

自信がついて、大会に出て試合をするとさらに楽しくなり、夢中になっていった。女子ダブルスやシニア組で、調子のいいときは優勝のメダルを貰ったりしていた。

同級生の脳神経外科の教授となった杉浦君もテニスが好きで、S大学のコートで同級生たちと試合をしたり、諏訪湖の森にも四、五回、同級生たちと出かけたりしたが、そんなとき晴香は、必ず謙を誘って出かけた。謙は手術と研究で忙しかったため、テニスをする時間がないので練習もできず、晴香に比べて〝下手くそ〟だったが……。

謙はその後、加賀医科大学の胸部心臓血管外科の教授となり北陸に赴任したので、晴香は時々金沢にも行って兼六園近くのテニスコートでテニスをしたことを、時折、懐かしく思い出していた。謙の教室員にテニスの上手な医師がいたので、医局員たちを謙が連れてきて、能登ロイヤルホテルのテニスコートで何度かテニスのゲームをして、晴香を楽しませたりもした。

その後、晴香の所属する眼科学会のメンバーから海外旅行に誘われるようになり、夏休みの時期だったので、謙も晴香のお供をして一緒に出かけた。晴香はいつもラケットとシューズを旅行鞄に入れて持ち歩いていたので、謙もそれに倣ってラケットとシューズをいつも持って出かけた。

いろいろなところでテニスを楽しんだが、なかでもドイツ・バーデンバーデンの絨毯が敷かれた屋内コート、イタリア・コモ湖の野外テニスコートは思い出深い。また、イギリスでシェイクスピアの生誕地近くのお城のホテルで、朝早く起きてテニスをしたことなどは本当に楽しい思い出である。

謙が定年で退職後、郷里の北信濃に帰って謙の作った介護施設を晴香も手伝うようになってからも、医師会の先生方と運動公園に併設されたテニスコートで夜間テニスを楽しんだことなど、楽しい思い出がたくさんできた。残念ながら、晴香に不整脈が出るようになり、テニスは中止になってしまったが、思い出だけはたくさん残った。

加賀医科大学を定年で退職した後、謙は父親や先祖に約束したように故郷に帰って、高齢化社会に奉仕するために、相続した田畑を利用して病院や介護施設を作ったが、人生の中で何が幸せであるかを考えてみると、それは「人を愛すること」であると思う。若いときは、愛の目標は異性に向

けられる。しかし年を重ねるに連れて、それは次第に周囲の人々に向けられていく。謙も晴香への愛に全力を費やしたが、年を重ねるに連れて、人のために尽くす奉仕の愛に幅を広げていくことへの喜びを感じるようになっていった。

高齢者や身体障害者や精神障害者、貧困に苦しむ人々への奉仕も、晴香への愛と同じように大切で、奉仕こそが人生の最も大切な愛の行為であり、喜びであると感じるようになった。

再び言う。

「愛とは〝大切に思う人が喜んでくれる行為〟である」と。

そして、それこそが謙の人生において最も大切なものとなっていった。

晩年は、晴香と一緒に主に高齢者への医療と介護に身も心も投入した。

これを可能にしてくれたのも晴香の精神的、経済的支援があってのことであった。

謙と晴香は医師となって社会に貢献し、お互いの人生のために努力してきたが、そのために二人の子どもたちはお手伝いのお姉さんや、おばさんの手で育てられ、母親が四六時中一緒にいることはなかった。父親も自分の精進のために家庭を犠牲にする生活をして、彼らには寂しい思いをさせてしまったと、一面で反省していた。

謙自身も小学校時代、両親が学校の教師をしていたため、昼間は家に帰っても誰もいないのでいつも家の外で遊ぶか友達の家に遊びに行っていた。しかし、寂しい思いをしたり悲しくて泣けてくるようなことはなかった。

「僕のお父さんやお母さんは学校の先生をしている教育者だから、他の友達の両親より偉い人なんだ」

という誇りを持っていたので、不幸だと思ったことはなかった。健太郎や節美も同じように思っていてくれると信じていた。謙も普通の子どもと同じように、母親が会議が延びて夜遅くなるときなど、やはり寂しい思いになったこともたまにはあったが、その寂しさが後に謙の情緒の発達や、人を思いやる心、喜怒哀楽を感じる感性の発育にプラスになったものと自分に言い聞かせていた。

しかし成長するにつれて、父母の教員生活と農業生活に飽きたらず医学への道を選んだのは前述のとおりである。

晴香は、謙が老人病院や介護施設で高齢者の介護の仕事を始めてから、名古屋の眼科クリニックを節美に任せて謙の仕事を手伝うようになったが、毎週土曜日だけ、眼科の診療のために前日から名古屋に出かける時期があった。節美や節美の子どもたちに会って、日曜日の夕方、晴香は電車で帰ってきた。謙はそのたびに彼女の帰りを待って駅に迎えに出ていた。
その時に頭に浮かんだのが次の短歌である。

　幼き日母を迎えに来し駅に今は迎える妻の帰りを

健太郎や節美は、父親や母親の背中を見て順調に育ち、医科大学を卒業し、健太郎は父親と同じ分野、心臓外科医の道を選び、節美は眼科クリニックを引き継いで、地域医療に専念した。

高齢者介護施設や高齢者病院で、晴香と一緒に高齢者医療に専念していたある日、思いがけない手紙が届いた。二五年前のN国立大学時代、子どもの先天性心疾患の手術に専念しているときに、四歳の男の子（中田宏幸君）の三尖弁閉鎖症の手術をして成功した、その子の父親からの手紙だった。

当時、三尖弁閉鎖症の手術の適応の選択は難しく、手術可能な症例は少なかった。謙はカテーテル検査の結果、手術は成功できると判断して、手術症例検討会で手術方法を検討し、日本で初めての手術成功例となったのを思い出した。

手紙の内容は次のようなものだった。


拝啓　毎日しのぎがたい暑さが続いていますが、先生にはお変わりなくお過ごしでしょうか。

私方は二月一日、N国立大学病院で宏幸を心不全で亡くしました。

奇しくも二五年前の二月一日に竹田謙先生に助けていただいた日でございます。

私たち夫婦の一生忘れられない日で御座います。手術前、少し歩いても唇が青くなり息が荒くなって座り込んでしまい、あれほど苦しんでいたのが、手術後二度と苦しむ姿を見ることもなく、これまで平穏な生活を送ることができました。学校

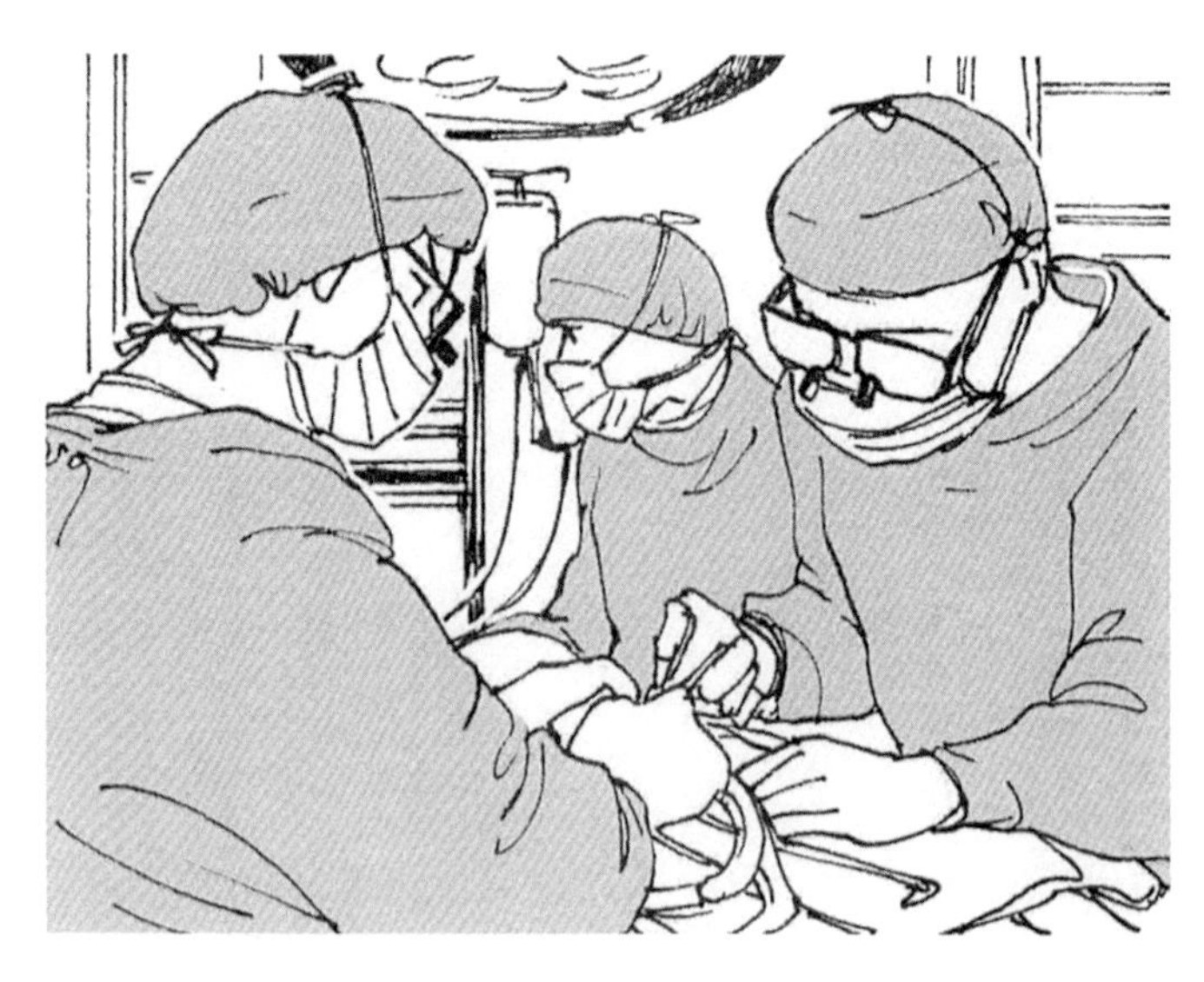

も健常者と一緒に学び、希望した学校を卒業し就職し一生懸命働いていました。好きな自動車にも乗り、鈴鹿サーキットで何度も高速走行をしていました。旅行をしたり、ギターを弾きボランティア活動などにも積極的に参加し、有意義な生活をしておりました。幸せな日々で御座いました。

息子はいつも言っておりました。

「僕の命は、竹田先生と血液を下さった方々のお陰であるので、社会に奉仕して体を大切にして長生きするんだ」

と口癖のように言っておりました。昨年十二月に体調を崩し、定期健診の日が近いこともありN国立大学病院で受診しましたら、不整脈があると言われ、個室が空くのを待って正月の十日に入院して検査を受けました。入院前、クリスマスにボランティアでサンタクロースの服を着て有意義な一日を過ごし、二十九日まで働いていました。検査の結果、右の肺に少し水がたまっているので二週間ほど入院することになりました。

ところが、二月一日の午後二時頃、病院から電話があり〝宏幸さんが意識不明になったのですぐに来てくれ〟と言われ、急いで病院に着いたら先生は、いきなり「残念です」と言われ、息子を見ると人工呼吸器がついていて自分では息をしていない状態でした。心電図モニターで心臓は止まっていて、動いていないようでした。

人工呼吸器のスイッチを切る決断を迫られ、身を切られる思いで「宏幸お別れだな」と二、三度大声で言いながら、震える指先でスイッチを切りました。先生が「四時〇五分です」と言われました。享年二十九歳十一か月でした。一日前には「退院するから」と言っていた言葉が、最後の言葉になろうとは思いませんでした。

後ほど、先生や看護師さんたちのお話を聞いたところによると、当日、昼食を食堂で皆さんと一緒にして病室に帰るのを確認していたとのことで、そのあと検温のために看護師さんが部屋に行ったら、宏幸が倒れていた。携帯心電図がついていたので、それを見ると一二時五〇分には心停止だったそうです。

心蘇生を試みましたが、心臓は動かなかったそうです。

一人で助けを呼ぶこともできず苦しかったろうに、夢半ばで悔しかったろうに、寂しかったろうになどと思うと、とても哀れで悔しくてたまりません。

ようやく私の心の整理も少しずつできるようになり、息子との約三十年間の暮らしが走馬灯のように浮かんできました。三十年間生きられ、精一杯積極的に行動し、充実した日々を過ごしたことを思い出します。このような生活ができましたのも、竹田先生のお陰でございます。先生にお会いできなかったら、もっと短い人生で、もっともっと苦しみながらではと思いますと、もっと悔いが残るのではと思います。

先生、これもひとえに先生のお陰と感謝しております。誠に有り難うございました。先生のことを思い出して、心がようやく穏やかになりました。

今は冥福を祈りながら、初盆を迎える支度をしています。

先生様　本当に有り難うございました。厚く御礼申し上げます。

お手紙を読み終えた後、三尖弁閉鎖症手術は大変難しいものであって、当時、日本で初めての成功症例報告として学会雑誌に発表したことを思い出した。保管してあった雑誌発表の別冊をお父さんに送ったところ、大変喜ばれて、その別冊を「墓前に供えた」というお返事が来た。

手術の概要は図のようである。右心房と肺動脈を直径二〇㎜の人工血管（グルタールアルデヒド処理した豚の大動脈弁を内蔵したもの）でバイパスするという手術であった。埋め込んだこの大動脈弁が何年持つかが、患者の寿命の鍵を握っていると謙は思っていた。おそらく、この豚大動脈弁が経年劣化したため、不幸な結果になったものと想像した。新しいものに取り替えれば、もう少し長生きできたかもしれないと、謙は悔やんだ。定年退職した今では、如何ともし難い思いに駆られた。

(a)心耳を切断して心房中隔欠損を閉鎖し肺動脈を切断し、近位側を縫合閉鎖

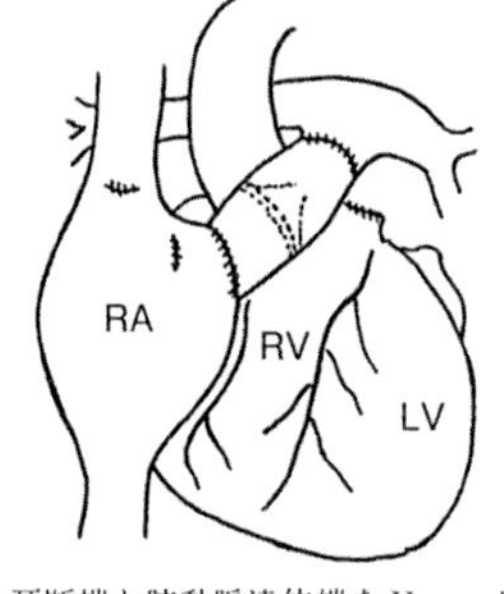

(b)心耳断端と肺動脈遠位端を Hancock 弁付き人工血管で吻合

それにしても、食堂に行って食事をした後、突然部屋で心臓停止を起こしたのはなぜだろうと思った。謙が現役教授時代、心臓手術の術後検査をした高齢の患者が検査の翌日、トイレに行ったとき、トイレで突然死した症例を思い出した。当時は、心臓カテーテル検査は鼠径部で大腿静脈に穿

刺法でカテーテルを入れて心臓まで挿入し、心臓内の圧を測定したり造影剤を注入して心臓内の形態を調べたりした。当然、検査後にはカテーテルを鼠径部から抜くのだが、その後の大腿静脈の穴からの出血を止めるために一昼夜、圧迫包帯をしておくのが慣わしだった。まれに翌日、圧迫包帯を取った後に圧迫部にできた血栓が流れて心臓に達し、肺動脈を閉塞することがあった。

宏幸君の場合も、検査後に圧迫包帯を取って食堂に行き、部屋に帰ったときに血栓が剥がれて流れ、肺動脈を閉塞したのではないかと推測された。エコノミークラスで長時間飛行機に乗ると、いわゆる「エコノミークラス症候群」を起こすといわれるが、この症状と同じ原理である。不運なことである。

それでも、ご家族から二五年前のことを思い出して喜んでいただいたことを、心臓外科医冥利に尽きると思った。

それからしばらくしてからの八月の暑い日、一人の青年が、謙が運営する介護施設に謙を訪ねてきた。

まだ謙が現役で、加賀医科大学胸部心臓血管外科の教授として活躍していたときに、謙が手術した患者さんの息子だった。その患者さんは、家族性高脂血症で冠動脈の主要血管の二本が完全閉塞し、かろうじて残りの一本の血管で心臓の血流が保たれていたが、その血管の狭窄が強くなり、循環器内科で心臓カテーテルの検査中にショック状態となり、緊急手術を依頼された重症な症例だったのを思い出した。

広範囲な心筋梗塞があり、冠動脈バイパス手術を施し、手術は無事に終わったが、心臓が虚血のため心臓の力が弱くて自力では全身に血液を送る力がなかったので、謙たちが開発した人工心臓で補助循環を行って手術を乗り切った症例だった。しかし、大量輸血の影響で一〇か月後に肝臓障害で亡くなってしまったのだった。

十三年後に息子さんが、東京の日南大学に入り、教員になって夏休みに郷里の能登に帰る途中、謙が定年退職して北信濃で介護施設を経営していることを知って、会いたくなってきたのだった。

当時を思い出して、いろいろお話しして帰っていったが、そのときに、謙がN国立大学の同級生たちと分担して書いた『医師五十年　その研究と臨床の軌跡』を記念に彼に謹呈した。その後で、彼から長いお手紙をもらった。

前略　先日はご連絡も差しあげず、身勝手にお伺いしたにもかかわらず、お忙しい中、お時間を頂き、本当に有り難うございました。あの日は先生は三時から会議があったにもかかわらず僕の勝手な訪問で御迷惑をおかけして申しわけありませんでした。

父が竹田先生にお世話になって一三年、今日まで御挨拶が遅れたこと大変申し訳なく思っています。ただ今日までの一三年間一度たりとも先生をはじめ加賀医科大学胸部心臓血管外科の方々への感謝の気持ちを忘れたことはありませんでした。

思い起こせば一三年前、父が心筋梗塞で倒れ、近所の総合病院に運ばれた後、数日間、その病院に入院しましたが、私たちが住んでいる田舎の小さな病院では対応できなかったため加賀医科大学に緊急搬送になりました。搬送される日、

「元気になって帰ってくるよ」

と言っている父を笑って見送りましたが、加賀医科大学に着き、循環器内科でカテーテルの検査などをしている最中に急変しショック状態になったため緊急手術になりました。

母だけが父に付き添って医科大学に行っていましたが、手術に際して、三本の冠動脈のうち左心室を支配する血管を含めて二本が完全に詰まり、残りの一本もほとんど詰まりかけている。

もし手術が成功しても命を保証できる確率は五割だと言われたそうです。それでも竹田教授の執刀で無事に手術を終え、初めて僕が父と面会したのは手術から数日後のＩＣＵの中でした。大きな病院などない田舎町で、せいぜい風邪程度でしか通院経験のなかった僕にとってＩＣＵでの父との再会は衝撃的でした。たくさんの機械に囲まれている上に、口には人工呼吸器、体中には何本もチューブがつながっていて、まさにテレビの中の世界で見る光景そのものでした。

術後、しばらく補助循環のため人工心臓を付けていました。当時、小学校六年だった僕にとって、その光景が怖くて仕方ありませんでした。人工呼吸器を咥えていたため筆談しかできませんでしたが、最初に書いた言葉が「痛い、苦しい」だったことを今でも覚えています。自分の父親が目の前で苦しんでいるのに、なんの手助けもできない自分の無力さが情けなくて、ただただ泣くしかありませんでした。その後も肺炎を起こしたり、肺に穴があいたり気管切開をしたり、本当に大変な日々でした。半年近くＩＣＵにいましたが、食事ができなかったために体重は小学生の僕と同じくらいにまで落ち、面会に行くたびに父は骸骨のように痩せていきました。それでもＩＣＵで半年ほど過ごした後は、当時心臓外科病棟のあった一〇階のリカバリールームに移り、その後は自分の力で身の回りのことはできませんでしたが、一般病棟で食事がとれるまでに回復しました。

一〇階の病棟ではＩＣＵと違って安心して父のベッドサイドにいられたので、いろいろな思い出があります。看護師さんが笑顔で僕に話しかけてきて、キャンディをくれたこと、怖そうな顔をした助教授の坂口先生が、いつも診察にきてくれたこと、賀川先生がいつも手術用のマスクを首にぶら下げていたことなど、今でもよく覚えています。

手術後、父は一級の身体障害者になっていたため、日常生活に支障はあるもののなんとか生きて退院できるものと思っていた矢先、肝臓の機能が悪化してきたため、リカバリールームに逆戻りしました。その後は、日が進むに従って体中がまっ黄色になり、眼球の白目のところまで黄色くなりました。その後は悪化していく一方で、またＩＣＵに戻され、二月二十三日の朝八時二十五分、父は静かに息を引き取りました。父が入院してから亡くなるまでの一〇か月間、母は病院に泊まって付き添っていたため、僕たち兄弟三人は祖父母の家に預けられ、そこから学校に通っていました。朝六時に母から電話があり、

「お父さんが、今日どうしてもみんなに会いたい」

と言っているから、すぐに病院に来てほしいとのことでした。本当はこの日の数日前からもう

意識はなく、二十三日の早朝に危篤状態になっていたため、〝家族を呼んでください〟と言われていたのでした。急いで病院に向かいましたが、真冬の田舎から医科大学に向かうには時間がかかり、僕たちが病院に着いた時には、父はもう亡くなっていました。

病院の別館で、母から父が亡くなったことを知らされた時は、頭の中が真っ白になり、地面にひれ伏して大声で泣きました。

しばらくして、僕が泣きながら壁際に立っていると竹田先生が入って来られ、父に焼香を上げた後、母に病理解剖の結果を話されました。三本のバイパスはよく開通していたが、梗塞範囲が広範囲で重症心不全が改善せず、それと大量輸血のため肝臓機能が悪くなり、不幸な結果になってしまったと話されました。そのとき拝見した先生の姿が、僕が竹田先生をお見かけした最初で最後です。今回、長野で先生にお会いして拝見した先生のお姿は十三年前に泣きながら見たときのお姿と何も変わらず、当時のままでした。

父が亡くなってからの十三年間、本当にいろいろなことがありました。小学校六年のときに父が亡くなり、そのショックで中学一年の一年間は不登校になりました。その時期は精神的に荒れて、父が亡くなったことで母を責めたりもしました。そのたびに母は「お父さんを助けてやれなくてごめん」といって何度も僕に謝っていました。そんな母も父が亡くなってからは、僕たち子ども三人を育てるため、朝から晩遅くまで仕事を掛け持ちして、寝る間も惜しんで働いていました。

今では僕たち兄弟、それぞれ社会人として独り立ちしたので、母は持ち前の明るさで自分の趣味を楽しんでいます。

今もそれを考えることがあります。もし父が生きていたならば、母や僕たちの人生はどんな人生になっていただろうと。母子家庭になってからは、経済的にも少なからず苦労しました。高校を卒業して日南大学に合格したときも、東京の私立大学に進学することには大きな抵抗がありました。母が寝食を惜しんで働いてきたのに、自分のわがままで大学に進学しても良いのかと毎日悩みました。それでも母は笑って東京に送り出してくれました。上京する際、医科大学によってみると、父を担当してくださった先生方の多くは別の病院に行かれたり退職されたりして、もうおられませんでしたので大変残念な想いがしました。

今回、竹田先生から頂いた本を読ませていただきました。先生の生い立ちから学生時代、最愛の奥様との運命の出会い、そして心臓外科医として歩んでこられた日々をおうかがいするに連れて、一つの思いを確信しました。それは、父は治療の甲斐なく亡くなったけれど、その命を預けた先生は間違いなく立派な先生だということです。

加賀医科大学を定年退職した後も介護施設を開設され、今でも現役で精力的に社会に貢献されている先生の御活躍をおうかがいすることは、父を先生に治療していただいた僕たち遺族にとっても大きな励みです。

先生にお会いしたとき、先生は

「医者があきらめたときが患者が死ぬときだ」

「だから私は、最後まであきらめない」

と言い続けてこられたと話されていました。この言葉を聞いたとき、そのような信念を持った先生に父を診ていただくことができたことは、僕たち家族の生涯の誇りであり、今でも感謝しています。結果は残念でしたが、何ひとつ思い残すことはなく満足しています。

北信州から帰る新幹線のなかで、十三年間、先生に一言の御挨拶もしていなかったにもかかわらず、僕の話を聞いてくださった先生の優しさを思い、また十三年前の家族全員で支えあった父の闘病生活を思い出しながら、窓の外を眺めていると涙が溢れてきました。

また今回、竹田先生から頂いた本『医師五十年　その研究と臨床の軌跡』を帰ってすぐに母に見せました。母は先生のページを開いたまま、しばらく泣いていました。先生の心臓外科医としてのこれまでの軌跡を読むに連れて、その先生に自分の夫の命を預けて看病した日々を思い出しだのかもしれません。

本を読み終えた後、母は

「この本は我が家の家宝としないとね」

なんて言っていました。母は以前、朝から晩まで仕事をするのは大変だったけれど、父を助けるために一生懸命になってくれた竹田教授のチームの努力と、辛い治療に耐えてきた父の姿を思うと今の自分の大変さなんて平気だと話していました。

そんな母も、あと数年で還暦を迎える歳になりました。父の入院中は十二歳だった僕も二十五歳になり、今は東京の高校で英語の非常勤講師をしています。自分の経験を生かして、今の子どもたちに何かを伝えたていけたらと思っています。

最後に一つ、先生にご相談があります。父が心筋梗塞を起こしたのは父の家系に家族性高コレステロール血症があり、この数年間に父の兄弟も全員が心筋梗塞で亡くなりました。僕は男三人兄弟で、全員血液検査で空腹時のコレステロール値は三〇〇以上あります。父はお酒もタバコもやらず、薬も欠かさず飲み、定期的に病院に行っていましたが心筋梗塞になったことから、自分もいつかは父のようになるのではないかと心配です。まだ薬などで治療はしていません。早く治療を始めたほうが良いと頭では分かっていますが、完治することもなく一生薬を飲み続けることを思うと気が重くなります。一生薬を飲み続ける以外に方法はないのでしょうか？　もしいい方法があるようでしたら、お時間に余裕があればお教え頂ければ幸いです。

僕が北信州に先生をお尋ねしたときは八月で真夏でしたが、今ではそちらは随分寒くなっただろうと思います。これからは一日一日寒さがよりいっそう厳しくなりますが、先生もお体を大切にしてくださいますようお願い申しあげます。

西川　茂

加賀医科大学循環器内科の教授が高脂血症の研究で有名なので、早速紹介した。健康でいてくれることを祈っている。

医師は患者さんの生命は一秒でも長く延ばすことが使命だと思い、そのために全力投球してきた。

そして手術後、不幸にして亡くなる患者さんが出ると、自分の命が一年ずつ短くなると思って治療に当たってきた。このお手紙を読み終えたとき、現役時代のその気持ちが、患者さんやその家族に伝わっていたのだと思えた。

時代は移り少子高齢化時代となり、いわゆる〝団塊の世代〟が七十五歳以上の高齢者になる二〇二五年には、高齢化率は人口の二十五％を超え、介護を要する高齢者が激増する時代が迫ってきている。

高齢者に関しては若い人の治療と異なり生き方、逝き方の考え方、生命倫理の考えが変化してきた。むやみに生命を延ばすのではなく、その人らしい人生の終末を迎える生き方が考えられるようになった。〝一分一秒でも生命を延ばす〟という考えから、質の良い、最後の逝き方が模索されるようになっている。

食事ができなくなった方に、経管栄養をして無理に延命することの是非が問われている。

脳梗塞で意識がなく、食事を自分でとれなくなったとき、無理に経管栄養をして延命し、誤嚥性肺炎を繰り返して苦痛を与えるよりは、自然の形で静かに最期を迎えるほうが、より人間的であり、その人の尊厳を守ることになるという考えに変わってきたのだ。

少子化社会の到来により、不妊治療、人工授精、代理出産などが行われるようになり、また臓器移植、脳死判定などが新たな社会問題として生じている。更に遺伝子操作による治療法、iＰＳ細胞による治療など新たな治療が研究されるようになり、病院や施設内でも倫理委員会立上げの必要性が、取り上げられる時代となってきた。

二、生と死と愛

謙はＮ国立大学医学部に入った頃からは、時々右悸肋下の痛みと左下腹部の痛みが交互に起こり、一週間ぐらい続いては治っていた。痛みの発生の間隔は数か月に一度ぐらいだった。肝臓に何かできているのか、直腸腫瘍でもできているのではないかと勝手に想像していたが、痛みはしばらくするとケロッと治ってしまうので放置していた。悪性腫瘍の場合、当時の技術では確定診断がついたときはすでに末期状態にあることが多かった。

医局での研究生活やアメリカ留学などで忙殺されて痛むことは時々忘れて生活していた。ＣＴやＭＲＩや超音波診断装置が開発され、臨床に使用できるようになり、この部の痛みの原因は左腎上部と肝臓内にできた嚢胞であることが分かった。時々痛むのは、それらが少しずつ大きくなるときだろうと推測された。良性腫瘍なので生命への危険はなかった。

確定診断が出るまでは時々不安が頭をよぎることがあり、またアメリカから帰国して大学病院に勤務するようになり、多くの患者の死に遭遇し、また医科大学の教授職を辞してから、高齢者の介護施設を運営しターミナルケアを余儀なくせざるをえない患者に接するようになると、いつでも安らかに死ぬことのできる考え方はないものだろうかと考え始めた。同時に「嵐が丘」のヒースクリフとキャシーのように、魂が呼び合う愛を科学的にどのように説明したらいいのだろうかなどについて考えた。

そして、到達したのが次のようなことだった。

人間の体は、約六〇兆の細胞からできている。それらの細胞は脳、肺、心臓、肝臓、腎臓、腸、骨、筋肉、皮膚などの臓器を作り、調和のとれた機能を営んでいる。この細胞自身はタンパク質、糖、アミノ酸、脂肪、電解質、水、その他からできていて、煎じつめれば各種の分子の集合体である。これらの分子は百十四種類の元素の中のいくつかの元素からなっている。主に炭素（C）、水素（H）、酸素（O）、窒素（N）、硫黄（S）、ナトリウム（Na）、カリウム（K）、塩素（Cl）、マグネシウム（Mg）、鉄（Fe）、亜鉛（Zn）などである。

生きていることとは、これらの元素の原子が一定の配列で組み合わされたものが、規則正しく機能している状態で、死とはこれらが分散して宇宙に飛散した状態なのである。

原子は、核分裂や核融合を起こさない限り永久に不滅である。したがって、生物を形成している原子はその死後も宇宙に存在し続けるのである。

仮に謙の体を形成しているすべての原子に番号を付けておき、死後、これらの番号のついた原子をすべて集めてきて生前と同じように配列することができたら、謙はこの世にまた再現されると考えた。ちょうどジグソーパズルのようにパーツをバラバラにしてしまっても、元どおりに配列すると、元の姿が再現されるように。

宇宙の原理で作られた人間は、いつの日にか分散した原子を集めて、もとの人間の形に配列し機能を営むことのできる技術を獲得するかもしれない。そう思うと、人は死んでも宇宙の中で永久に不滅であると思えてくるのである。

アメリカの原住民が作ったといわれている〝I am a thousand winds〟という詩があるが、まさしくこの詩の内容は謙の考える人間個体の不滅論を叙情的に歌い上げたものであると思っている。

この詩の英語の原文を紹介しておく。

Ⅲ　帰国後の謙と晴香

Do not stand at my grave and weep,
I am not there; I do not sleep.
I am a thousand winds that blow,
I am the diamond glints on snow,
I am the sun on ripened grain,
I am the gentle autumn rain.
When you awaken in the morning's hush
I am the swift uplifting rush
Of quiet birds in circling flight.
I am the soft starlight at night.
Do not stand at my grave and cry,
I am not there; I did not die.

そして、この詩を日本語に訳すと以下のようになる。

私は千の風です

私のお墓の前に立って　泣かないでください　そこに眠っていません
私は吹き流れているたくさんの風になっています
私は雪の上でダイヤモンドのように輝いています
私は太陽となって穀物を実らせています
私はまた優しい秋の時雨にもなります
静かな朝に貴方が目を覚ますとき　燕となって空を飛びまわっています
私は夜の優しい星の光です
私のお墓の前に座り泣かないでください
私はそこにいませんよ
私はこの宇宙のどこかで生きています

謙や晴香も、死んでも体を形成していた原子や一部の分子はこの宇宙に存在し続けているのである。あるものは鳥や動物の体内に、あるものは草や樹の中に、あるものは、土の中や水の中にまたは空気となって大空の中に存在しつづけるのである。だからいつでも会うことができるのである。

そして、生きている人たちを見守っているのである。

仏教の教本に般若心経という教本があります。この教本を柳澤桂子氏が科学的に訳した「生きて死ぬ知恵」という本があります。この中で次のようなことが書かれています。

おきなさいあなたも宇宙のなかで粒子でできています。宇宙のなかのほかの粒子と一つづきです。ですから宇宙も空です。あなたという実体はないのです。あなたと宇宙は一つです。

このことからも体も心も愛も永遠に不滅であると謙は信じることにしたのである。

宇宙の原理は、すべて物理学で説明できるのだろうか。それは不明である。宇宙の原理は神によって作られたのかもしれない。神を信じること、それも人にとって大切な生き方である。

県(あがた)の森で謙が晴香を見初め、医師になろうと彼女を誘い、受験勉強を始めたとき、下宿屋の一室で勉強が一段落したとき、晴香が突然「私を抱いてくださらない」と言ったことを思い出す。

死とは、宇宙旅行に出かけることだ。できれば晴香と二人で、一緒に旅立ちたい。

あの時、晴香をしっかり抱きしめたように、晴香を抱きしめながら永遠の宇宙の旅を続けたい。

謙はそう思いながら晩年を過ごした。

Ⅳ

終章

謙は八十歳を過ぎてから高血圧症となったり、鬱気分が強くなり、精神科や神経内科に通うようになった。さらに腰痛がでてきて歩行に支障がでてきて時々マッサージを頼んだりしていた。

晴香も物忘れが出てきたうえ心臓肥大が強くなり心房細動が出てきて抗凝固療法を行うようになり体力が低下してきた。

その為、日常生活にも支障をきたすようになり、晴香の弟嫁福原かなに来てもらって食事を作ったり部屋の掃除や買い物などを手伝ってもらった。

謙の腰痛が強くなり、脊椎管狭窄という診断で、手術を受け、二週間入院した。

その間謙は鬱気分が強く一人で入院が不安だったので、甥や職員に頼み夜間付き添いを頼んだ。

その時マッサージに来てくれていた澤田さんも付き添いに加わってもらった。澤田さんは当時四十歳代で離婚して単身であったので、謙は自分と晴香の面倒を診てほしいので彼女に仕事を辞めて晴香と謙の介護の手助けを頼んだ。澤田さんは二人の苦境に同情して謙の申し出を引き受けてくれた。晴香も体調がしだいに悪くなり、レストランで会食するときも、途中で席を離れて、別室で横になり休むことが多くなった。そんな状態の時、夜中に起きてトイレに行く途中大きな音がしたので隣に寝ていた謙が驚いて起きると、晴香が上向きになって倒れていた。起こそうとしたが背中が痛いと言い、起きれなかったので、隣室に寝ていた澤田さんを呼び、二人で晴香を抱えてベッドに運んだ。

痛みが強く身動きができない状態だった。夜が明けるのを待って息子の健太郎に電話して健太郎が勤めている病院に、救急車で運んだ。

救急車が来て一般状態を調べ、酸素飽和度が八十％台に低下していたため酸素吸入を直ちに行った。病院での診断は第十二胸椎の圧迫骨折で三週間の入院が必要だった。入院中昼間は謙が付き添い、夕食がすむと澤田さんが翌日の午前中謙が来るまで付き添ってくれた。

クリスマスの日にやっと退院ができたが、入院中の検査で特発性肺線維症が見つかり、以前からあった肥大性心筋症と心房細動に新しい疾患が加わり予後が心配された。退院してからも寝たり起きたりの生活が続き、介護老人保健施設での仕事も十分にできなくなり、仕事を補うため新しい医師をパートで採用した。生活の助けと介護をするため福原かなさんと澤田さんに二十四時間、交代で付き添ってもらった

もちろん、謙も合間を見ながら晴香の介護の手助けをしていた。このような生活が一年半続いたが二年目の春、晴香が早朝ベッドからリビングルームに行く気配がしたので、謙は急いで起きて後

を追ったが間に合わず、リビングのソファーの前で晴香は転倒してしまった。施設に併設しているクリニックでレントゲン検査をすると、左大腿骨頚部骨折が判明し、今度は赤十字病院に送り、骨頭置換術を受けた。特発性肺線維症は呼吸器内科、肥大性心筋症と心房細動は循環器内科で治療の指導を受けた。

二週間の入院で、退院してきたが在宅酸素療法が必要となり、常時酸素吸入を行い酸素飽和度九十七％を目標に酸素量を調節した。

室内歩行をするときは常時ヘルパーと澤田さんが付き添い再度の転倒が起こらないように心掛けた。

外出時は車椅子に酸素ボンベを付けて、酸素吸入は離せなかった。日中は時々施設長室へ行き書類にサインをしたり、入所棟に行き看護師に指示したりしたが、しだいにその頻度も少なくなっていった。土曜日・日曜日・祭日の昼間は外出してホテルのティルームのサンドイッチを食べながらミルクティを飲むのを楽しみにしていた。その時はいつも深田さんと謙が付き添った。謙は晴香に愛を誓ったあの時の気持ちと変わることなく弱っていく晴香を献身的に介護した。

謙が晴香の寝ているベットのそばにいて、手を握っていたとき、こんな会話をした。

「あなたは元気でいいね」

「そんなことないよ……俺は死ぬときは晴香と一緒だよ」

「そんなこと言わないで、あなたは長生きして社会のためにがんばってください」

「俺はずっと晴香を愛していたよ、忘れないで。キッスしてもいいか」

晴香は静に下あごをあげて唇を謙のほうへ近づけようとした。謙はその唇に静かに謙の唇を近づけて晴香の唇をすった。うれしそうな表情に謙の胸は熱くなった。

またこんなことを言った。

「謙さんに勉強教えてもらって医師になれたんだよ」

「そんなことないよ、あなたは頭が良かったから自分の力で医師になったんだよ、一緒に勉強したけどね」

晴香は病床の中で青春時代、謙と同じ下宿で二人で勉強してN国立大学に合格したことを思い出しているのだなと思い、愛おしく思えてならなかった。

真夏の八月の盆過ぎ、晴香は咳をするようになり痰の喀出も多く、酸素吸入の酸素量も増量した。

特発性心肥大症が増悪し心不全が強くなったのか、特発性肺線維症が悪化したのか謙は判断に苦慮し、かかりつけの病院の院長に電話して判断を依頼した。彼は特発性肺線維症が悪化した可能性が強いので呼吸器内科に入院するよう勧めた。

十月十一日呼吸器内科に入院した。肺炎が合併していたので抗生物質の点滴が行われ、さらに経口摂取量が少なかったので点滴で栄養剤を補給した。

晴香は入院を嫌がって、家に帰りたいとしきりに訴えた。

謙は晴香の気持ちを察し病院での治療方針を聞いて、同じ治療を謙の病院でもすることができるので、退院を主治医に要請し了解をとり十五日に退院することができた。

晴香は退院できることを大変喜んだ。謙は晴香を車椅子に乗せて、酸素吸入をしながら迎えに来た施設の車に乗せて一緒に自宅に帰って来た。晴香はうれしそうな顔をして謙を見つめた。病院と同じように心電図、呼吸数、酸素飽和度が測定できるモニターを付けて、常に脈拍数、呼吸数、酸素飽和度をチェックした。退院した日と次の日は意識も明瞭でいろいろ話もできたが、しだいに脈拍が増えて一分間に百二十を超え、モニターのアラームが常に鳴り、呼吸数も一分間に五十と増加し、意識が朦朧としてきた。十六日の夜からは、声掛けしても目を開けなくなった。十七日の朝も意識が無く呼んでも目は開かなかった。午前中、謙は患者の診察のために晴香のそばを離れ、昼食の頃帰って来て晴香の状態をみると、相変わらず脈拍数は百二十を超え、浅い呼吸で一分間に五十回の呼吸数で、酸素飽和度は八十％台に低下したので、酸素量を一分間に五リッターに増加した。しかし酸素飽和度はさらに低下し、五十％台と低下して上昇が見られなかった。危険な状態となったと謙は察知し晴香の手を握った。

一時十七分、突然心電図の脈拍が平坦となり心停止したと判断、悲しみがこみ上げてきた。晴香はその時大きく一呼吸した後呼吸が止まった。謙は目の前が暗くなり、悲しみを通り過ぎ絶望の心理状態で辺りが暗くなった。しかし、なぜか涙は出なかった。

絶望の悲しみが訪れると涙は出ないことを悟った。

晴香は宇宙に旅立ってしまった。

謙ひとりこの地上に残して。

俺も一緒に行きたいと瞬間思ったが、どうしようもできない現実に引き戻された。これから謙はどうして生きていくのか戸惑い続けた

通夜は十月二十日、葬儀は翌二十一日と決まった。

その間、晴香の体の周囲に氷嚢がたくさん置かれていたが、謙は晴香の体の側に添い寝し続けた。

通夜の夜、福原かなは心労のためか血圧が上昇し脳幹出血をおこし救急車で救急病院に搬送された。

謙と晴香が作った介護老人施設と病院は医療法人で運営し、職員も六百人以上在籍していたので、医療法人と竹田家との合同葬儀となった。

葬儀の時に医学部で同級生の文集（それぞれの半世紀）に晴香が書いた「医学の道」が朗読され、改めて晴香の歩んだ道に感動し、列席者の胸を熱くした。

葬儀は盛大で葬儀場には晴香の思い出の写真や、テニスが好きだったのでラケットや優勝カップなどが陳列された。

四十九日法要も終わり、通常の生活に戻った謙は、人生のパートナーを失った悲しみとさみしさに耐えていく苦しみの中で、診療や施設運営を淡淡と続けていた。

※　※　※

晴香が亡くなった翌年、インフルエンザの大流行が地域を襲った。

謙の体もしだいに衰えてきていた。診療でインフルエンザの患者の治療にあたっていたが、謙もインフルエンザに罹患していた。専門病院への入院を勧められたが謙はそれを拒否し、早く晴香のいる宇宙に旅立ちたいと願った。この時も、澤田さんが晴香を看病したと同じように献身的に謙の看護をしてくれていた。

意識が朦朧とする中で晴香の呼ぶ声が遠くから聞こえてきた「謙さん、謙さん、お父さん」と聞きなれた声が聞こえた。その声に誘われるように謙は静かに息を引き取り、晴香のいる宇宙に旅立っていった。

今頃は宇宙のかなたで二人は青春時代、県（あがた）の森の学舎で受験勉強をしながらはげましあったように手を取り合って再会を喜んでいることだろう。

『ゴッドハンド　愛の誓い』を拝読して

私の妻が認知症のため先生の経営する介護老人保健施設にお世話になった事があり、現在老健の診療のお手伝いをしております。本書は、先生の少年期から晩年にいたるまでの物語であり、ペンネームで書かれた私小説であり、また妻を愛し人を愛する事を信条とする生き方を描いた文才に優れた作品です。

もともと先生は、母親の影響で、中学生の頃から文学に興味をもち、明治大正文学に憧れ小説や詩集などを読みあさり、自らも詩を書いたり、文芸評論を学校新聞に投稿したりした文学青年でもあった事をお聞きしております。

物語は県(あがた)の森の大学の入学試験会場で胸をときめく一人の女子受験生にあった事から始まる出逢い、やがてその女性と共に学び医師への道を共に励まし合い愛し合いながら進んでいかれた過程がロマンあふれるストーリーになっております。

多感な人生の青年期に県（あがた）の森のキャンパスの授業では、若い東京の大学を出た先生がロマン派文学を熱く語ったこと、エミール・ブロンテの映画「嵐が丘」の死してなお、愛を求めあった別れ別れの運命に翻弄された男女の愛の物語に深く感動し、それが人を愛する事の信条となったことが分かります。

先生が、生涯愛し続けた女性に一度は、ラブレターを渡したところ拒否され人生に絶望したが再び立ち上がって勉強に専念し、やがてその姿が愛する人に伝わり、その愛が結ばれる事になるが、絶望から発奮して医学の道を更に極め、大学の医学部の教授にまでなられたことに感銘をうけます。また医師という道に愛する人と二人合い携えてその目標に向かって努力し目的を達成された事に賛辞をおくりたい。

先生の心臓の手術を受け救われた家族の手紙から先生が神の手＝ゴッドハンドといわれたほどの名医であったことがうかがわれます。

本書は、現代の社会に二つの課題を投げかけております。

今は若い人に離婚する人が増えておりますが、この傾向に対して、好きになった相手は最後まで好きでなくてはならない、本能的にそうならなくてはならない相手を選ばなければならないと言っておられます。

また、高齢者の末期の医療について、意思疎通困難で食事がとれない人に無理に経管栄養をして、苦痛を与えるよりは自然の形で最期を迎える方がより人間的ではないかと語っています。超高齢社会の今、尊厳死の問題と併せ考えさせられます。

先生は八十歳を過ぎてもなお介護老人施設を拡張し、今では市内でトップクラスの規模となっており、私は医師というよりは企業家ではないかとさえ思っておりましたが、本書を読んで、その文才能力からして作家を思わせるものを感じます。

ご一読をおすすめします。

元日本医師会副会長、常務理事
山口　昭（山口内科小児科院長）

著者略歴

武川謙三（たけかわ　けんぞう）本名：清水　健（しみず　たけし）
1932年　長野市出身（東京生まれ）
1951年　長野県立屋代高校卒業
1953年　信州大学文理学部医学進学コース修了
1957年　名古屋大学医学部卒業
1962年　名古屋大学大学院医学研究科外科系外科学修了、医学博士の学位を取得
1963年　アメリカ合衆国Duke大学胸部外科留学
1965年　アメリカ合衆国Northwestern大学病院外科留学
1971年　名古屋大学医学部第一外科助手
1979年　名古屋大学医学部講師
1981年　金沢医科大学胸部心臓血管外科教授
1994年　医療法人コスモス理事長
2011年　社会福祉法人　ウエルフェアコスモス理事長兼務

著書『医師50年その研究と臨床の軌跡』（共著）
『胸部臓器の移植と置換』（O・K・Cクーパー&D・ノビッキー著）（翻訳）
『清水健教授退任記念業績集』金沢医科大学胸部心臓血管外科学教室）
『コスモスの咲く道』株式会社コスモスプラネット出版部
『人は宇宙から来て宇宙に帰る』小学館スクエア

ゴッドハンド愛の誓い
神の手といわれた心臓外科医の愛の物語

2024年1月31日発行

著　者　武川謙三
発行者　海野有見

発行所　株式会社 22 世紀アート
〒103-0007
東京都中央区日本橋浜町 3-23-1-5F
電話　03-5941-9774
Email: info@22art.net　ホームページ：www.22art.net

発売元　株式会社日興企画
〒104-0032
東京都中央区八丁堀 4-11-10 第 2SS ビル 6F
電話　03-6262-8127
Email: support@nikko-kikaku.com
ホームページ：https://nikko-kikaku.com/

印刷
製本　株式会社 PUBFUN

ISBN：978-4-88877-282-2